내일은 목련이 지는 날 아닙니까

국립중앙도서관 출판예정도서목록(CIP)

내일은 목련이 지는 날 아닙니까 : 이창윤 시집 / 지은이:
이창윤. -- 대전 : 지혜, 2014
p. ; cm. -- (지혜시선 ; 004)

ISBN 979-11-5728-006-3 03810 : ₩10000

한국 현대시[韓國 現代詩]

811.7-KDC5
895.715-DDC21 CIP2014025028

지혜시선 004

내일은 목련이 지는 날 아닙니까

이창윤

지혜

서 시

누군가 말했다. 아무짝에도
정말 아무짝에도 쓸모가 없기 때문에
시를 쓴다고
쓸모있는 것들만 쓸모있게 거래되는 세상에
엉뚱한 짓으로 위로받는 삶이
이 시대에도 하나 둘 남아있다고

누군가가 말했다. 시를 쓰는 일은
언제 어디선가 기슭에, 누군가의 마음 기슭에
흘러가 닿을 것이라고 믿고
던지는 Bottle Letter 같은 것이라고
(얼마나 많은 바틀래터가 수취인을 찾지 못하고
모래 속에 파묻혀 버렸는가)
우리들은 바틀래터를 삶의 바다에 던지는 자들
또한 받아서 읽어보는 수취인이 아닌가
이런 부질없는 일을 반복하는 자들이
심심찮게 남아있는 한
시는 쓰여질 것이다 그리고
시는 읽혀질 것이다.

차례

2부 풍경

3부 내일은 목련이 지는 날 아닙니까

4부 버들에게 물어보라

• 일러두기
한 연이 첫 번째 행에서 시작될 때는 > 로 표시합니다.

1부

능금, 그 향기의 무게

이른 봄에 1

4월이 가까워지면 북쪽 마을로 돌아가리라.

겨울바람을 혼자 견디며 우리 집 정원을 지켜준
거대한 굴참나무 그 밑둥에 기대어 서서
물 오르는 소리를 등으로 읽으며
생각에 잠겨볼 것이다
꽃다발을 안고 하늘을 나는 여인
한때 내가 몇 번이나 포저리했던 그림
이제 나만큼 나이든 샤갈이 그의 그림과 그가
어떻게 서로 물드는지를 타일러 준 다음
감추어 둔 환상을 다시 그의 그림 뒤로 숨기는
환상을 보는 것은 그렇게 놀랄 일이 아니므로
두 마리 블루버드가 앉아있는
물 오른 가지 쪽으로 고개를 돌릴 것이다
저들의 두근거리는 작은 가슴과 내 호흡을
섞어볼 수 있을까 하는 엉뚱한 생각
이것 또한 나로서는 놀랄만한 일이 아니므로
내가 가진 작은 소망을 미리 표현해두는 것이다.
올해도 유럽산 래드비치트리에 집을 짓고
세 개 아니면 네 개의 알을 숨겨두는 것을
거실의 창문을 통하여 훔쳐보는 것
그 포르스름한 색깔에서, 설움과 설렘이란 말이

연인들처럼 서로 눈매를 바라보며 껴안을 때
40여 년을 영어권에 살면서도
아직도 모국어로 시 비슷한 것을 쓰고 있다는 사실이
소스라치게, 나를 놀라게 할 것이다.

부질없는 생각으로 아침나절을 다 써버리면
봄볕 아늑한 오후, 아내가 거실의
창문 닦기를 희망해 온다면
새 몇 마리가 창문에 머리를 들이받고
떨어져 죽은 지난 해에 일어난 사건들을
그 차례대로 상기시킬 것이다
이 봄에는 좀 게을러져도 좋을 것이다.

능금, 그 향기의 무게

봄날, 정원 한 귀퉁이를 가득 채우던
그 향기가 무게를 얻어 나뭇가지가 휘어져 있다
명석한 그 누군가는
지상으로 추락하는 저 향기의 무게에서
만류인력을 읽고 갔지만
나는 이 감미로운 언어에서
어떤 진실을 찾아낼 수 있을지
가슴이 두근거리고 있었다
그때 내 등 뒤에서
나직하지만 분명한 말소리가 들렸다
까만 글자로, 서툰 솜씨로, 개칠하지 말라고
나는 그 음성의 주인이
가을인지 내 시인지 분간이 가지 않았지만
약간의 반항심을 일으키기에 충분하였다
과수원에서 자라서 늙어가는 아이가
그 속내를 들어내어 보인다면
애플이나 사과라는 표준어에서가 아니라
땀 흘려 과수원을 일군 조부님 그리고
내 어머니가 가르쳐 준 '능금'이란 말에서만
향기의 무게를 느낀다고
여기에 까만 글자로 적어두겠다

>

이제 진실이란 말에 대해서 내가 감당할 일은
한 동안 그저 바라보기만 하면 되는 것이다
향기의 무게가 휘어진 가지를
더 이상 견디디 못할 때
한 알의 빛나는 능금은 쟁반 위에 놓여지고
가을은 그만치 몸이 가벼워져서
어디론가 떠날 준비를 할 것이다

당신의 말은 이제 커피를 좋아합니다

지칠 줄 모르는 대륙의 눈바람은
겨울 혼자 견디게 하고
플로리다 중부지방 한 시골마을로 내려와서
아침에 일어나면 커피를 마시고 싶다는 생각
커피먹을 들고 오랜지밭 사이로 뚫린 시골길을
오래 걷고 싶다는 생각으로 잠이 드는 것이다
어느날 아침 산책길에서
오랜지밭 주인이 기르는 말 한 마리를
철조망을 사이에 두고 만난 것이다
내가 이마를 쓰다듬을 때
그녀는 내 커피먹에 혀를 갔다댔고, 나는 뚜껑을 열고
남은 커피를 다 먹게했던 것이다
그 다음 날 아침에도 그녀는 거기에 있었다
나는 월맏에 들려 아가리가 넓은 커피먹을 장만했고
젊은 연인들이 서로의 눈매를 바라보며
스타벅 커피샵에서 커피를 나눠마시는
그 장면에는 미치지 못한다 하더라고
깊은 우물같은 그녀의 눈을 들여다보며
아침마다 커피를 나눠마신다는
좀 들뜬 생각으로 잠이 드는 것이였다

4월초 북쪽마을로 돌아오기 전

"당신의 말은 이제 커피를 좋아합니다
제가 생각 없이 시작한 짓이였습니다
허락하면 커피값은 내가 부담하겠습니다"
말 주인에게 겁먹지 않고 태연하게 말하려고 연습했지만
이 일은 이루어지지 않았다
한동안 이것이 마음에 캥겨서 잠 들기가 힘들었지만
그녀는 다시 길들여질 수 있다는 생각이
차츰 나를 길들여 주었다
그런데 어젯밤 꿈에 그녀가
지루함으로 길들여진 풀밭과 질주하고 싶은 야성의 세계
그 사이에 놓인 철조망을 뛰어넘고
나를 찾아온 것이다
나는 한 번 더 그녀의 커다란 눈을 건너다 보며
커피를 나눠마실 수 있었던 것이다
당신들의 상상력을 위하여라고
한 천문학자가 말했듯이
오백억 년 전에 탄생하여 오백억 년 후에 죽은 별
그 별빛이 오백억 광년을 달려서 방금 지구에 도착했다면
우물처럼 깊은 그녀의 눈에 비치는 것으로
어렴풋이, 알아볼 수 있을 거라고
나지막하게 귀에다 대고 말했다
잠을 깨면서 우리들의 우주론은 쉽게 허물어졌다고

생각하겠지만, 오늘 아침 그녀를 바라보는 아득함으로
따뜻해지는 내 마음과 마주앉아 커피를 마시는 이 시간이
우주의 오백억 년 보다 눈물겹도록 참된 순간이라는 생각이
한 번 더 나를 찾아와 어깨를 툭 치는 것이다.

해안선 위에 걸린 달

발을 다치면서 달리는
지칠 줄 모르는 생각 하나가, 길게
아주 길게 해안선을 그어놓는다
선명한 불빛도 그 발목이 물에 잠기면
국수가락처럼 허늘허늘해지는 바로 거기에
거대한 바다가 성큼 걸어와
어둑어둑, 무겁게 눌러앉는다
내 마음 한 덩이가 무게를 던져버리고
그 위에 달로 떠서
지구 표면에 그려진 그림을 내려다본다
여기저기 모여사는 불빛의
따스함도 보인다
다시 이 세상에 돌아와도
죄 지으며 살고싶은 그곳
그러면 나에게 들려준 당신의 이야기
삶의 비탈에서 자꾸만 흘러내리는 마음을
꽉 잡아주는 상처들이 모여서
달의 표면에 빛나지 않는 부분을
걸어다니는 발자국 소리에 귀를 기울이는
그런 버릇이 생겼다는 이야기도
허락하면, 지구 표면에 그려진 그림 위에
함께 걸어두겠다

알라스카의 구름

"나도 알고 있습니다. 누구에게나 한 번도 건너가 보지 못한
마음의 지평선이 있다는 것을"

"구름이 그쪽으로만 넘어가네요. 돌아오지 않으니까 거기가
더 궁금해지네요"

"우리 마음의 툰드라지대, 줄 지어가는 순록떼의 맨 뒷줄에
궁금한 마음과 흰종이 한 장을 실어보내면
거기서 여름을 제 맘대로 뛰놀다가 조금은 미안한 마음이 되어
그럴싸한 시 한 편을 가을의 등에 실어보내지 않을까요
내가 혼자 속으로 빙그레 웃는 것은
참말처럼 스스럼 없이 나오는 나의 거짓말에
내 귀가 솔깃해지는 그런 때도 있거든요"

"의사 선생님도 시를 쓰나요"

"젊은 시절에 한 번쯤 시인이 되어보지 못한 자도
있기는 있을 겁니다"

"그럼 됐어요. 모른척 하기 없기예요
그쪽으로 건너간 우리들의 마음이 함께 밥을 끓여먹으며
야영하는 불빛이 보이네요

잊혀진 노래, 임자 없는 노래, 누군가 못다 부른 노래들을 불러모아
캠프불 가에 둘러앉아
목청껏 불러대는 우리들만의 시간이 보이네요"

얼마 동안의 자유시간, 생각의 젖은 풀밭 그 습한 감촉을
중년의 엉덩이에서 훌훌 털어버리고
기다리는 관광버스 쪽으로 걸으면서, 고마웠다
누구에게나 한 번도 건너가 보지 못한 마음의 지평선이 있다는 것
그리고 그쪽으로 건너가 보고 싶은 구름 하나가
내 옆자리에 앉아 한 동안 말동무가 되어주었다는 것은.

봄비

물방울 무늬의 원피스를 입은 여자가 지하보관실에서
서류뭉치를 찾아들고 층계를 오르고 있었다
"바깥에는 봄비가 오나요?"
그때 나는 접은 우산을 오른손에 쥐고 있었으니까

우리는 연두라는 색보다 그 맛에 대해서
계곡에서 등성이로 번지는 음성, 젖은 귀로만
들을 수 있는 그 모음에 관한 얘기를 하면서
충분히 즐거웠다
두 마리의 블루버드가 가지에 앉아 두근거리는
작은 가슴을 잠시 동안 우리에게 빌려주었다
고마웠다. 나는 떡잎이 달고나온 솜털과 그녀의
가느다란 목덜미의 그것을 번갈아 훔쳐보며
흔들리는 가지처럼 설레는 가슴을, 그러나
아무에게도 내비치지 않는 것은
내 마음이 눌러 쓰고 있는 자제라는 모자 때문이었다.

"아닙니다, 오후에는 비가 온다는 일기예보가 있어서—"
묵은 기억 하나가 내 두뇌 속 제2의 감정처리 지역을
휙 지나가고 난 다음에 내가 한 대답이었다
아무렴 어때, 봄날이니까, 오후에는
모든 것을 용서하는 봄비가 내린다니까.

야생의 꽃

자전거를 풀밭에 눕혀놓고 남녀 대학생이 마주앉아
서로 쳐다보며 아득하게 웃고 있다
서양의 젊은이들도
아득하게 웃을 줄 아는지 모르겠다
그들을 배경으로 야생의 꽃들이
지천으로 핀 언덕이 있어서
내 눈에 그렇게 보였을 것이다

의예과 시절에 만난
사대 가정과에 입학한 여학생
대학건물들이 들어서기 시작한 야산 위에는
60년대의 야생화가 지천으로 피어 있었다
그 꽃들을 배경으로 내가 훔친 시 한 구절이
그녀의 청순한 얼굴과 겹치어
내 마음에 그림을 그려놓았을 뿐
아득하게 웃는 것이 어떤 것인지
나도 진정한 언어로는 모른다
다만 그 그림이, 숨겨둔 죄는 그대로 숨겨두고도
나를 가끔 착하고 어리석게 만들어서
이 늦은 나이에도, 이런 시를 쓰게 만든다는 것만
알고 있을 뿐이다

>

다시 미시간 대학교정으로 돌아가면
남녀 대학생은 자전거를 일으켜 세우고
강의 시간에 맞추어 떠나고
야생의 꽃이 지천으로 핀 언덕만이
나를 쳐다보며 아득하게 웃는다
내가 짐작으로만 알고 있는
진정한 언어로 그렇게 웃고 있다.

나뭇잎이 흔들리는 소리

동쪽 벽에 높이 달린 육각형 창문
그쪽으로 고개를 돌리면 언제나
교회 바깥 마당에 서있는 거대한 상수리나무
흔들리는 그 잎들이 보이고
바람이 어떤 악보로 잎들을 타이르는지
그 소리가 들리는 것이다
귀먹은 베토벤인가?, 아니라 하더라도
이 땅에 칠십 년을 살고 보면
인간들의 냄새처럼 모든 것들이 익숙해져서
그 흔들림만 보아도 바람의 악보를
귀로 읽을 수 있는 것이다

하나님이 인간들을 구하시려고 친히
사람의 몸으로 들어와서, 십자가에—
믿습니까?, 믿습니까?, 아멘 소리가
왜 이리 시시합니까! 순간, 잎들이 일제히
반대쪽으로 흔들리는 것으로 봐서
등이 떠밀린 세 번째의 아멘 소리는 교회 안을
가득 채우고 넘쳐서
바깥으로 흘러나간 것을 알 수 있었다
삼십여 년 동안 이 세상에 사는 동안
그도 나처럼 한 동안

흔들리는 나뭇잎들을 정신없이 바라보기도 하고
자기 목소리를 낮추는 모음에게 순진한 자음이 몸을 맡기는
이 세상의 소리를 귀에 담아갔으리라는 생각이
그와 나 사이에 느껴보지 못했던 친밀감으로
끼어드는 그런 날이었다

다시 흔들리는 나뭇잎들이 보이고
순진한 자음에게 순한 목청을 가진 모음이
흉금을 털어놓는 소리
은혜라, 은혠가, 저절로 귀에 잡히는 소리

내가 저 세상에서 혹 베토벤을 만나더라도
겁먹지 않고 첫 인사를 나눈 다음
어떤 말로 이야기를 시작해야 할지를 가르쳐주는
나뭇잎들이 바람의 악보를 읽는 소리, 그 소리

어렴풋이 내세를 바라보았든 그들은

동굴벽에 흔적을 남겨두고 그들은 사라졌다
죽은 자를 꽃밭에 눕히고 꽃으로 덮었다는 그들은

생명 하나가 낯선 행성 위에 던져졌다
주사위처럼?, 다시 말해보자
미리 정해진 푸른 별 위에 생명 하나가 신의 손에서
놓여났다. 자유라는 말의 황홀함에 젖어보기도 전에
한 가닥 저 끈질긴 목숨의 길을
혼자 터나가야 하지 않았던가

목숨의 길 위에 흩어진 저 많은 화석들을 보라

먼저 바다에서 시작했던 길, 그 머나먼 여정을
어머니의 바다 안에서 물고기처럼 헤엄치며
열 달만에 거치고, 허파에 바람을 넣고
"아~"하고 이 세상에 내가 왔다

대서양을 건너오는 비행기 안에서 나는 잠시 졸고 있었다
짐승의 피가 묻은 투박한 구석기 시대의 돌도끼가
내 손에 쥐어져 있었다
내가 그들의 내세를 살고가는 것은 아닌지
뜻밖에 찾아온 이 생소한 생각

처음으로 영혼의 냄새를 맡아본 자가 그러하듯이
꿈에서 깨어난 나는 한동안 숨을 죽이고 있었다

동굴벽에 흔적을 남겨두고 그들은 어디로 갔을까
쓰던 도구를 죽은 자와 함께 묻어주었다는 그들은.

화석, 그 견고한 슬픔

연구실 가득 화석을 모으는 재미로
세상을 살아간다고 했다
교수직도 연구비도 덤으로 따라온다고 했다

아득한 날, 먼저 바다에서 시작했던 저 끈질긴
목숨의 길가에 흩어져 있는 견고한 슬픔이
그를 기다리고 있다고 했다
슬픔이 우연한 기회에 돌에 스며들었는지
아니면 돌이 슬픔 속으로 녹아들었다가
다시 굳어졌는지 알고 싶었지만
그건 나의 어설픈 의문일 뿐
그의 강의는 슬픔이 얼마나 오랫동안
어떤 자세로 발견되길 기다렸는가 하는
일방적인 내용만 담고 있었다

고비사막에서, 공룡의 앞다리에 날개의 깃털이 달린
시조새의 화석을 발견했다는 기사를 읽고 그에게
축하 메일을 보내는 것을 잊지 않았다
단단한 눈물자국이 슬픔을 따라잡는 것을
기어이 보고 말았다는 답신을 받았다.

시베리안 아이리스

젊었던 날, 흔들리던 시골버스 뒷좌석이 아니라도 좋다. 슬픔의 고개가 기울어져 올 때 어깨로 받아 그 무게를 느꼈을 때 비로소 쓰여지는 시가 있다.

그걸 미리 알고 피어나는 꽃도 있다. 서러운 에너지가 농축되어 진한 보라색이 된다는 것이 믿어지지 않으면 5월초 미시간 호숫가에 자리잡은 우리 집 뒷마당으로 와보라. 굳이 우랄산맥쪽으로 길을 내지 않더라도 어느 마을에서 왔는지 아는 사람은 안다.

기대어 오는 슬픔의 고개를 내 여윈 어깨가 기꺼이 받아준다는 생각이 허물어지기 쉬운 나를, 나의 시를, 여기까지 오게 하지 않았는가. 삶이 두근거리는 한 순간을 만나는 일은 느닷없이 말에만 맡길 수 없지 않는가.

첫눈의 예감

혼자 추우면 여럿이 둘러서는구나. 벗은 나무들은 시린 어깨를 서로 빌려주면서 겨울을 견딘다.

"네 이웃을 네 몸과 같이 사랑하라." 인간들에게는 실행 가능성이 없다는 것을 너무나 잘 알기에 짐짓 모르는 척 "네 몸같이"를 말씀에 넣어 마땅히 기록되게 했을 것이다. 이 구절은 설교자에게 유용하지만 귀만 열어두어도, 심령이 가난해지길 바라는 자들에게도 그러하다. 이 말씀은 묵상하기만 해도 문득 첫눈은 내리는 것이다. 먼저 사람들의 가슴에, 그 다음에는 나무들의 시린 어깨를 덮을 것이다.

그런 날 저녁에는 개인용 컴퓨터나 스마트폰들이 서로 연결되면서 온기를 나누기 시작한다. 따뜻해진 문자를 주고 받는다. 알고 있었을 것이다. 이천 년 후 사람이 조립한 차가운 기계들이 대신하여 당신의 말씀을 행동으로 옮기리란 것을.

겨울 숲에서 나는 홀로, 죄인들을 요약한 말, 인간이기에 이 세상을 흰눈으로 덮어 백지장으로 되돌리는 일은 오직 하나님만이 할 수 있다고 믿는다.

저녁이 말했다

저녁이 말했다. 땅거미가 깔리는 거리를 지나치면서, 켜지기 시작하는 가로등 아래 앉아 있는 한 남자를 보았어. 전생에 보리수 아래 앉아 있던 그 사람 같았거든, 중생이 다 부처라고 했던 바로 그 사람. 나는 머리 둘 곳이 없다고 기록된 인자의 말씀도 생각에 떠올랐어.

느닷없이 수건을 허리에 두르고 저녁이 말했다. 인간 구원의 길 그쪽으로 생각의 고개가 기울어진 김에 사람들의 발이라도 씻어주고 가겠다고. 나는 겁이 더럭 났다. 이천 년 전 발이 씻기운 사람들은 거의 모두가 어려운 죽음으로 순교하지 않았던가.

John이란 이름을 가진 자들부터 먼저 씻어주는 것이 좋을 거라고 제안하고 슬며시 저녁의 옆구리를 만져보았다. 구멍뚫린 곳에 내 손이 쓰윽 들어갔을 때, 아, 하는 나지막한 탄성이 입에서 흘러나왔다. 뭘 그렇게 놀라느냐고, 중동지역을 지나오는 동안 수사이드 밤이 터져서 그 파편 하나가 그리로 지나간 것 뿐인데. 저녁이 나를 안심시켰다.

수요예배 시간, 외로운 저녁이 내 옆자리에 앉아 지친 다리를 쉬며 잠시 말동무가 되어주었다는 것을, 아무도 눈치채지 못했을 거라는 것이 나를 한 번 더 안심시켰다.

과수원에는 언제나 가을이 먼저 찾아와서

땀흘려 과수원을 일군 조부님은
사과를 둘로 쪼개어
까만 씨부터 먼저 살피신 다음
여름 동안 까맣게 탄 어린 손자의 얼굴을
잠시 동안 찬찬히 들여다보시다가
씨방을 도려내고 반쪽을 건네주시고
그 반쪽을 잡수셨다

오늘은 내가 사과를 둘로 쪼개어
여름 동안 사과의 씨처럼
까맣게 탄 어린 손자의 얼굴을 건너다보며
그때 어떤 생각을 하셨을까 궁금해하며
씨방을 도려내고
그 반쪽을 먼저 먹는 것이다

과수원에는 언제나 가을이 먼저 찾아와
반쪽의 사과에다 반쪽의 잡히지 않는 소망을
이제는 반쪽의 지울 수 없는 그리움을
함께 가지에 매달고
가장 향기로운 빛깔로 익혀주고 떠나는 것이다.

늑대와의 시간

어두운 밤 지칠 줄 모르는 눈바람 소리가
에워싸면 우리 집은
화씨 68도의 성스러운 공간이 되는 것이다
잠의 문턱을 넘어서기 전, 불현듯
지난 여름 북미주에 풀어놓은
여덟 마리의 늑대
그들의 안부가 궁금해지는 것이다
노루의 내장과 살을 뜯어 배를 채우고
인간의 눈길이 닿은 적 없는 어느 산기슭
눈바람에 등을 돌리고
서로 부등켜안고 잠들어 있을까
인간들이 뒤집어놓은 야생의 질서
그 상처받은 힘은 인간의 늦은 깨달음으로
치유될 희망이 보이는가

내실에 자리를 깔고 잠 자던 애견 스노우
늑대의 피가 반 섞인 에스키모 개
물개의 고기로 배를 채우고 썰매 곁에
모여서 잠드는 잘 길들은 꿈보다는
차라리 늑대의 거칠은 지평선을 달려라
지금은 가고 없는 나의 늑대
나는 가끔 그가 눈보라치는 언덕에서

물끄러미 나를 보고 서있는
그런 꿈을 꾸는 것이다
어느 쪽 피에서도 따뜻해질 수 없는
잡종은 늘 혼자인가
야생의 눈, 그 그늘에 갇혀 있던
헤어날 수 없는 그 슬픔도 다시 보이는 것이다

내일 아침에도 나는 그와 함께
눈길을 걷는 것으로 하루를 시작할 것이다

나는 아직도 그에게 잘 길들여져 있다는 것이
아무에게도 내비치지 않은 정직한 대답이다
저만치 앞서 가다가 돌아서서
나를 기다리던 야생의 눈, 그 그늘에 갇혀 있는
헤어날 수 없는 슬픔
나는 아직도 그것을 그리워하고
이처럼 사랑하고 있는 것이다
지금은 가고 없는 나의 늑대.

울어 줄 사람

보다 젊은 한 여인의 장례식에서
많이 울고 왔습니다

오랫동안 혼자였던 그녀는
우리 부부의 소노란사막 여행을
따라 왔습니다
장로의 기도와 목사님의 설교가
잘 짜여진 추모사로 이어지는 동안
나는 두 여인과 더불어 여행했던
'아리조나'와 '네바다'의
꽃 피던 사막 길을
다시 자동차로 달리고 있었습니다
돌아오는 길에
"고마워요, 정말 고마워요"
를 반복하길래
"내가 죽었을 때
많이 울어주면 됩니다"
라고 대답했던 나의 목소리가
내 귓전을 맴돌고 있었습니다

나는 오늘 보다 젊은 한 여인의 장례식에서
많이 울고 왔습니다

내가 죽었을 때 울어 줄
한 사람을 잃어버린 그 슬픔으로
수근거림이 잦은 여자들의 눈치도 보지 않고
많이 울고 왔습니다.

어개스트 릴리

어린 시절, 내가 올려다 본 누이들 중
그녀의 연애만은
아름다운 것이 되어도 된다고
그렇게 믿고 있었던 것이다
향내 나는 손수건으로
내 코를 훔쳐주었던
초등학교 여선생님
그 많은 코흘리개들 가운데
어째서 나였을까

내가 싱싱하게 자라서
한 여자를 사랑할 수 있는
그런 나이가 되길 기다렸듯이
그리하여 나의 연인은
향수 친 손수건을 옷깃 그 어느 곳에
늘 감추고 다니는 여자일 거라고
그렇게 믿고 기다렸듯이
너의 싱싱한 잎을 바라보며
8월, 여름이 무르익기를 기다리는 것이다
그리하여 우리집 정원을 가득 채우는
너의 꽃향기로
나의 마음은 다시 아득해져서

그 많은 코흘리개들 가운데
어째서 내 코를 훔쳐주었을까
이 늦은 나이에 쓰는 나의 시가
이처럼 아름다워도 되는 것일까
혼자 중얼거리며
정원 길을 따라 걸을 것이다

산간 마을의 저녁

산이 먼저 서늘해지면서 말했다
바라보는 것은 내가 아니라 너의 외로움이라고
복을 받기 위해서만은 아니지만 가능한 한 나는
심령이 가난해지려고 한다고 엉뚱한 대답을 했다

비탈의 숲은 더 어두워지기 전에 이미
방언하는 자들을 불러들인 뒤라서
계곡을 끼고 몇 개의 불빛이 태어난다
산의 어깨가 울먹이는 것은 바로 이때다
나는 짐작으로만 알고 있다. 산이 모르고 앓고 있는
오랜 병은 자신의 적, 무서운 외로움이 아니고
혼자서 저무는 먼 물굽이를 바라보는
그 섭섭함 같은 적막이라는 것을.
아, 나도 어머니의 착한 아들로 남고 싶지 않았는가.

서먹했던 나의 마음은 산의 어깨 위에
위로의 손을 얹고 만다
물론 인간들의 이야기이지만, 이 시대에도
엉뚱한 짓으로 위로받는 삶이 한 둘 남아있다면
그 하나는 바로 시를 쓰는 것이라고, 시를 쓴다고
나즉히 그의 귀에다 대고 말했다

>

산이 충분히 어두워지면서 말했다
코끼리 떼를 흰종이 위로 천천히 이동시키는 일로
밤잠을 설치기도 하는 텁수룩한 무리들이
따로 있다는 것을, 나도 이미 알고 있다고.

이제 산과 나는 흉금을 털어놓을 수 있는
그런 사이가 된 것이다

꿈꾸는 자여, 잠시 발걸음을 멈추고

나는 물론 알고 있다, 내가 가로수라는 것을
아스팔트와 시멘트를 철근으로 엮어올린 도시문명
눈이 시리고 아픈 곳을 가려주기 위하여
붙잡혀 온 자라는 것을
열을 맞추어 부동자세로 서서, 먼지와 매연을 덮어쓰는
잘 길들은 족속들 중의 하나라는 것을

그러나 마지막 버스도 종점으로 떠나고
가로등의 열매가 앰버 칼라로 익어가는 시간이 되면
나를, 우리들을 꿈꾸게 하라.
우리들을 텅 빈 거리로 몰려나와
웅성웅성, 도로를 꽉 메우고 행진하게 하라
가다가 권력의 천사들과 부딪치면
한국의 극렬한 데모대들처럼
발뿌리로 그들을 걷어차게 하라
이 자리에 서서 어디든지 갈 수 있는 것이 꿈이라면
권력의 방망이에 맞아 머리통이 터지는 일
산산조각으로 흩어지는 자유의 파편들은
꿈속에서 바라보면 얼마나 황홀할 것인가
그러나 동이 트기 전, 간밤에 아무 일도 없었다는 듯이
급히 제자리로 돌아가 가로수로 서있게 하라
간밤의 꿈 생각에 젖어 하루를 견디게 하라

>

나는 물론 알고 있다, 내가 가로수라는 것을
바빌론에서 돌아오지 못한 포로들처럼
우리들을, 꿈을 꾸면서 이 자리에서 늙어가게 하라
나는 물론 알고 있다, 도시문명에 잘 길들여져 있는 사람들을
때로는 경사진 삶의 비탈에서 쉽게 지쳐버리기도 하는
그러나 한 가닥의 진실처럼 끈질기게 견디어내는 사람들을
그들이 할 수 있는 일은 우리들이 눕히는 그늘 아래
벤치 하나를 내어놓는 것
그리하여 꿈 꾸는 자의 발걸음을 여기서
잠시 멈추었다 가게 하라.

2부

풍경

풍경

나뭇잎들이 바람의 책장을 넘기고 있습니다
그 소리가 들립니다

초등학교 여선생님은 우리들에게
소리내어 책을 읽히곤 했습니다
어린 목소리들이 그녀의 주름치마를 먼저 흔들고
늘 교실 안을 기웃거리던 플라타너스의
넓은 잎을 흔들고 뒤돌아와서
다시 그녀의 치마를 반대쪽으로 흔들었습니다
어린 신발자국들만 어지럽게 널린 텅빈 운동장에는
오늘처럼 오후의 햇살이 몸을 풀어놓고
정신없이 앉아 있었습니다
다만 그 밑에 지천으로 깔려있던 시간들만이
어디론가 제 갈길을 찾아 가버렸습니다.

다시 나뭇잎들이 바람을 흔들고
바람이 바람에 젖은 책장을 넘기는
그 소리가 들립니다
자연이 인간의 언어를 한 벌 얻어입고
풍경이 되는 일은
내가 살고 갈 이 세상에서만
흔히 일어나는 풍경입니다.

봄볕 아늑한 날에

정원벤치에 몸을 풀어놓고 앉아
한나절 나에게 일자리를 내어준
꽃밭을 바라보고 앉았더니
나비 한 마리, 막 변태의 과정을 마친 듯
내 옆자리에 내려와 앉아
젖은 날개를 말리고 있다
내가 살고 갈 세상과 그가 살러온 세상이
겹치는 한 순간의 친밀감으로
좀 엑센트릭한 진짜 시인의
시 한 구절이 떠올라서
흙 묻은 작업화를 벗고, 양말도 벗고
나도 젖은 발을
함께 널어 말려보기로 했다
생명의 감추어진 설계도가
목숨의 고유한 색깔을 환하게 들어내는
그 절차를 마친 나비 한 마리
내 발에 앉았다가 놀란듯이 날아올라
꽃밭 속으로 사라졌다
오늘 아침 샤워부터 하고나올 걸 그랬나
때 늦은 후회도 해보는 봄볕 아늑한 날

이렇게 기도하라

로마인들이 물관리를 잘했다는 것은 흩어져 있는 그들의 유적을 보면 안다. 산간의 맑은 물을 끌어내려 먼저 식수로 쓰고는 목욕탕으로, 세탁을 하고는 수세식 변소를 거쳐 흘러가게 했다. 그들에게는 풍부한 자금과 많은 노예들이 있지 않았던가.

흐르는 방향은 다르지만 저들보다 더 지혜롭게 물관리를 해온 종족이 있다. 남아프리카 서쪽 해안에 자리잡은 나미브 사막에 사는 딱정벌레들은, 잘 단련된 한국의 기독교인들이 그러하듯이, 모두 새벽기도에 나간다. 경사진 사막에 엉덩이를 쳐들고 고개를 숙이고 있으면 해풍에 실려온 새벽 물안개가 그들의 몸에 닿아 엉덩이를 먼저 씻고는 실개천을 이루어, 넓적다리와 겨드랑이를 거쳐 마침내 타는 갈증의 입술에 한 방울의 물로 매달리는 것이다.

"오늘날 우리에게 일용할 물 한 방울을 주옵시고—" 누가 그들에게 "이렇게 기도하라"고 가르쳐 주었는지.

과수원 위의 하늘

첫서리가 내릴 거라는 일기경보가 있으면
미시간주의 U-Pick 과수원에
사과를 사러가는 것이다
사과나무 아래서 하늘을 쳐다보면
빨간 볼을 가진 황금색 능금알들이
하늘 깊숙이 떨어져 가는 것이 보이는 것이다
만류인력을 알고 있는 뉴톤의 사과 한 알이
환상의 머리를 때렸을 때
내 고개가 먼저 사과쪽으로 기울어졌던
그 느낌도 환상이었던가
여기에 환상에 대해서, 거기에 딸린
자유라는 말의 황홀함을
미리 적어두는 이유는, 실은
내 이름을 부르는 어머니의 젊은 음성을 듣고
대답하는 나의 어린 목소리가
과수원 위의 하늘 속으로
한없이 멀어져 가는 것을 보았던 것이다
칠십으로 들어선 이 나이에도
그리운 것들은 그대로 남아 있어서
푸른 하늘이 그 가장자리부터
흐려지기 시작하고 있을 때
괜찮다, 괜찮다, 가을 햇볕으로

내 어깨 위에 따스한 손을 얹으시는 어머니
참으로 먼 길을 돌아서 왔지만
과수원에서 자라서 늙어가는 당신의 아이가
여기에 아니 거기에서 하늘을 쳐다보고 있습니다.

대설경보를 따라가면

완전하고 압도적인 대륙의 겨울을 피해
남쪽 땅으로 내려온 후에도
두고 온 북쪽 마을의 기상예보에
귀가 기울어지는 것이다

인디애나와 일리노이 주에서 시작해서
주의 경계를 지우며 동북쪽으로 밀고가는
대설경보를 따라가 보면
눈사태로 고립된 미시간 주의 작은 도시
벽난로에 불은 훨훨 타오르고
반쯤 마시다 둔 포도주 잔이
아직도 그 선반 위에 놓여 있는 옛집
내 생각의 발걸음은 인기척을 동반하지 않으려고
조심했지만, 은밀한 그들의 저녁 시간을
방해하지 않으려고 조심했지만
한창 나이의 그 집 여주인이 화들짝 일어나
롭을 걸치고 황급히 덧문을 닫아거는 것이다
뭘 그렇게 겁이 많으냐고, 때 맞추어
떠나지 못한 철새 몇 마리가
날개로 눈 터는 소릴 거라고 안심시키는
남자 목소리를 뒤로 하고
내 생각의 발걸음은 급히 남쪽으로 돌아오는 것이다.

>

이제 그리운 것들은 모두
눈 속에 깊이 묻혀 잠들어 있겠다
내일 아침 커피먹을 들고 오랜지 밭 사이로 뚫린
시골길을 따라걸으며, 생각에 떠오르는대로 불러내어
그 안부를 물어볼 것이다

야간 비행

지상의 따스한 별자리들
윤곽을 들어내기 시작하는 하늘의
싸늘한 별자리들
그 사이 어두워 오는 하늘을 날아서
떠나갔던 철새 떼들도
어디쯤 돌아오고 있을 것이다
그들도 지상의 따뜻한 불빛으로
항로를 바로 잡을 것이다.

지금 어느 한국계 미국인의 집에서는
끓는 두부찌개 냄비에서
파 냄새 섞인 김이 오르고 있을 것이다
이 생각으로 하늘을 내다보면
은하수에도 물결이 조금 일렁이는 것 같다.

포켓에 손을 넣고
공항 파킹장의 티켓을 꺼내어
구역을 말하는 P와
열을 표시하는 24를 다시 확인해 본다
말해보라, 따스한 피를 서로 나누며 사는 곳
자손 대대로 죄 지으며 살 수 있는 곳이
내가 살고 갈 이 세상을 떠나서
어디에 또 있는지를.

누가 불새(火鳥)를 죽였는가?

저녁노을을 바라보다가 들어왔다

저녁 뉴스에는 동쪽 섬나라의 화산 폭발과
미 해공군기지의 철거
그리고 그 주변에 마을을 이루고 살던 사람들의
대책 없는 앞날을 보도하고 있었다
한 가지 굿뉴스는 높이 뜬 화산재의 흐름이
며칠 후 북미주에 이르면, 한 세기의
가장 아름다운 노을을 볼 것이라고 한다

하루를 저물리던 저 경건한 절차가
화력발전소와 공장의 연기
그리고 자동차의 매연으로 치장된 것이라니
무슨 부정한 짓이라도 저지른 듯
그 깊은 빛깔, 그 진한 슬픔에서
수분이 한꺼번에 빠져나가는 순간을
보고야만 것이다

이튿날 아침 새 한 마리가
거실의 창문에 머리를 들이받고
떨어져 죽어 있었다
그도 엊저녁 같은 노을을 바라보다가

노을 뒤에 무슨 세상이 있는지
훔쳐보고 오지나 않았는지
그의 싸늘한 몸과 내 엉뚱한 생각을
함께 흙속에 묻어주었다.

세월, 그녀의 치맛자락 스치는 소리

세월을 그녀라고 부르고
품위 있는 긴 드레스를 입히고 보면
그녀가 끌고가는 치맛자락 스치는 소리를
가끔 들을 수 있을 거라는
엉뚱한 생각과 내가 만난 것은
가을이 울고간 다음 멍멍하던 귀가 다시 트이고
언제나 착한 이름으로 남아있는 정원길을
따라 걸었던 그 다음이였다

지칠 줄 모르는 대륙의 눈바람은
겨울 혼자 견디게 하고
따뜻한 남쪽 땅으로 내려가 있는 동안
이 일을 생각 밖에 두고 있었다
4월초 북쪽 마을로 돌아와서
겨울바람이 떨어뜨려준 죽은 나뭇가지들을
주워모아 불태우고
지난 해에 못다 치운 낙엽들도 말끔히 끌어내고
정원길을 끼고도는 돌담도 가지런히 손질해서
봄단장을 해둔 다음
책상 앞에 앉아 시를 쓰는 저녁
지난 해에 한 번 만났던 그 엉뚱한 시구절이
다시 나를 찾아온 것이다

하여, 오는 밤 그녀가 끌고가는 치맛자락 스치는 소리에
귀를 기울이며 잠의 선마루를 넘어갈 것이다
내일 아침 커피먹을 들고 나가면 수선화가
아직도 차가운 바람을 노랗게 물들이는
정원에서 행여 그녀를 만난다면
사람들은 늙어가면서 더 지혜로워진다는데
더 어리석어지는 자도 있기는 있을 거라고
타이르는 그녀의 말에
일생동안 현명하게 살려고 애 쓰던 자가
그 좌절의 상처 속에 낮게 엎드리면
부끄럼 모르는 어리석은 자가 되어
엉뚱한 짓도 거리낌 없이 해내며
남은 세상을 쉽게 늙어갈 수 있을 거라고
미리 준비해둔 대답을 그녀에게 건넬 것이다

다시 말해보자, 더 이상 길들여질 수 없는 환상으로
이런 시를 써본다는 것
하여, 세월이 끌고가는 치맛자락 스치는 소리에
가끔 귀를 기울여 본다는 것
이런 것 외에, 엉뚱한 짓으로 위로받을 수 있는 삶이
이 지상 어느 발자국에 찍힌 외로움에
빗물로 고이고 있는지를.

선량한 빨래들

어제는 교황 바울 2세의 알현식에 참석했었다. 그는 한 폭의 성화로 앉아 있었고 그의 손만이 파킨슨 씨의 질환을 송구스럽게 떨게 하고 있었다. 여러 나라에서 모인 신자들은 그들 나라와 도시, 그들 성당의 이름이 불려질 때마다 일어서서 손뼉을 치고 환성을 질렀다. 그때마다 베드로 성당 지붕 위의 비둘기들은 화들짝 날아 오르지 않았다. 신자들은 그를 우상처럼 숭배하고 나도 그를 존경했지만 종교예식에 잘 길들은 비둘기 집단이 선량해 보이지는 않았다.

관광버스가 소렌트를 거쳐저 폼페이로 가는 길 그 중간 지점, 나폴리 항을 내려다 보는 고층 아파트 건물들은 그 발코니마다 빨래들을 아슬아슬하게 널어놓고 있었다. 좋은 날씨의 가없는 하루를 보송보송 말리고 있는 빨래들이 그지없이 선량해 보인 것은 고등학교 시절에 배운 노래 속에 오랜 그리움으로 남아 있던 잔잔한 바다 때문만은 아니였다. 할 수만 있다면 이것들에게 천사의 날개를 달아주어서 내 엉뚱한 생각과 함께 바다 위를 날게 하고 싶었다.

돌아오는 길에, 버스 안에서 한 마음으로 그러나 각각 다른 생각의 고개로 흔들리던 여행객들 가운데서 내가 다시 본 것은 그 고층 아파트 건물들이 황혼에 닿아 이 지방이 빚는 포도주처럼 아득하게 익어가고 있는 것이였다. 하루를 선량하게 마무리 한 빨래들은 이곳 시민들의 소박한 슬픔처럼 모두 안으로 걷어들여지고 저편 바다 위의 하늘에는 진한 저녁노을을 배경으로 검은 글씨 같은 새떼들이 어디론가 날아가고 있었다. 나는 진짜 시인이 아니라서 옥타비오 파스*의 시론을 모른다. 다만 "詩는 여행의 초대이자 귀향이다"라는 구절을 좋아하고 있을 뿐이다.

* 옥타비오 파스 : 멕시코 시인.

아직도 시를 쓰나요?

강가의 노을처럼 잠시 서성이다가
충분히 어두워져서 돌아왔다
나의 쓸쓸함이 나도 모르게 돌 하나
손에 쥐고 온 것은 나로서는
그리 놀랄만한 일은 아니지만
우연한 돌 하나가 나를 잠시동안
위로하고 있었다는 것을 뒤늦게
알아차린 것이다
뒹굴고 부딪치는 아픔도, 닳아지는 슬픔도
여기까지 흘러온 이유도 돌아볼 줄 모르는
돌, 그러나 찡하고 한 번 울었을 것이다
가슴을 가로질러 금이 간 것을 보면.
저녁에 열어본 이메일
"아직도 시를 쓰나요?"
"새 시집은 언제 읽게 되나요?"
북미대륙을 직선으로 달려온 문장에는
아직도 다 식지 않는 온기가 남아 있었다
나는 돌 이야기를 넣어 답신을 만들기 시작했다
그녀가 친자연환경적이란 것을 알기에
내일 내가 해야 할 일은, 아주 작은 착한 일은
우연히 잡혀온 돌을 우연한 강가에
도로 갖다 놓는 것이란 말을 잊지 않았다

>

그리고 여기 적어둔다
적어두지 않으면 잊어버리고 바다도 그냥 지나친다고
누군가가 이미 적어두었으니까
사는 일도 잊어버리고 살지 않고 그냥 지나칠지도
모르니까.

줄장미가 담장을 넘어가는 동안

나에게 맡겨진 계절에 기대어 서서
한 송이가 다 시들기 전에
두 송이를 더 만들어내는 나의 작업을
그저 바라보기만 할 뿐
당신은 두려워하고 있다
꽃을, 더구나 장미를 시로 쓰는 일은
이젠 너무나 낡은 슬픔이 아닌가

Glen Blanc 입구의 길은
한 송이 장미 때문에
이제 더 이상 왼쪽으로 굽을 수 없고
굽은 길 어디선가 빠져나와
이직 흔들리는 가지 그대로, 내가
길밖에 설 수 없다는 것을
당신은 너무나 잘 알고 있다.*
담장을 튕겨나온 줄장미 한 송이가
눈을 가렸기에 망정이지
하늘 저켠을 공연스레 다 볼 뻔했다고
능청을 떨 수 없다는 것을
나도 물론 알고 있다.**

맡겨진 계절이 떠날 준비를 하기 전에

나는 담장 바깥 세상을 바라보며
허무주의자란 어떤 사람들일까
하는 생각에 잠기다가도
인간들처럼 나도 죄를 지을 수만 있다면
이 세상 슬픔을 다 적시고도 남을
꽃 한 송이를 피울 수 있을 것인가
이런 달콤한 생각의 고개를 떨구고 있는
내 속내를 당신이 눈치 챈다면
개량되기 전
우리들의 조상이 가시덤불이였다는 사실을
쉽게 기억해낼 것이고
그 줄기를 엮어서 면류관을 만들어
하나님의 머리에 씌워드린 사건 하나로
온 인류가 구원을 얻었다면
귀가 솔깃해지는 거짓말 같아서
참된 믿음으로만 피 흘릴 수 있는
종교 같은
그런 시 한 편을 쓰고 싶을 것이다
식어가는 여름이
성급한 풀벌레들을 울리기 전에.

* 오규원의 시에서.
** 신현정의 시에서.

이른 봄에 2

봄비를 데리고 와서, 이른 봄은
지난 해에 걸어간 자기의 발자국을 찾아
먼저 거기에 흙탕물로 고입니다
내가 세상 지나가는 법을 익히던 동안
내 옆을 그냥 지나칠 수 없었던 봄은
이제 나만큼 나이가 지긋해져서
오늘은 허리에 수건을 두르고
제자들의 발을 씻는 거룩한 자의 뒷모습으로
내 마음에 언뜻 보이는 날입니다.
그리하여, 모든 것을 용서하고
모든 것을 풀어놓아
생명을 제 맘대로 홀로 생명이게 하는
자유라는 황홀한 말과 손 잡고 있는 봄
그러나 서둘지는 말아야 합니다
우리가 세상 일에 한눈을 파는 동안
뒷마당의 잔디는 파래지고
어제 쪼개어진 목련의 부드러운 살이, 오늘은
문들어져 뜰위에 흩어진다 해도
그날은 슬프게 좋은 날의 하루입니다
세월을 비껴가는 주문을 외우는 자가
이 세상에는 없음을 알기에
내가 다시 맞는 이 봄날의 하루하루가

하늘의 천년보다
눈물겹도록 참된 순간이길 바랄뿐입니다.

들국화가 들판을 물들이면

사람들은 누구나 한두 가지 슬픈 상처를
가슴에 묻어두고 산다는 것을
너무나 잘 알고 있는 들판은, 지난 해에도
들국화의 씨앗을 골고루 흩어두고
가을이 오기를 기다렸던가
너무나 잘 알면서도 짐짓 모르는 척
당신은 가을 들판의 계획에 쉽게 말려든다
그러나 들국화로 시를 쓴다는 것은
너무나 낡은 슬픔이 아닌가
흰것과 보라색 사이에는, 가느다란 목덜미와
가늘게 울먹이던 어깨가 보이지 않느냐고
들판이, 겁먹고 있는 당신의 등을 떠밀 것이다

돌아서던 모습이 더욱 서러워 보이던
나의 누이여, 너의 싸늘한 재를 뿌린 강언덕에
지천으로 핀 들국화 꺾어
강물에 띄워보내고 왔다
다시 물어보고 싶구나, 우리가 무엇이 되어
언제 어디서 어떻게 다시 만나리*

젖은 눈으로 바라보는 한 순간을 만나게 해놓고
들판이 속내를 털어놓을 것이다

꽃 피우고 씨앗 익히는 일이야
머뭇거리다 지나가는 세월에 맡겨둘 일이지만
나도 서러운 색깔로 물들고 싶을 때가 있거든
그런 색깔로 그리운 날도 있어
울기 좋은 곳이 따로 있으면 나에게도 알려달라고

* 보다 훌륭한 예술가에게 빌려온 말.

한 주일씩 무사하다

주일의 시작은 느지막한 나이에
열네 번의 시집을 출판한
한국의 한 여성 시인의 소식을 읽게 해주었다
정치인이야말로 시를 읽어야 한다고 시집을 보냈더니
받았다는 반응이 전연 없었다고 했다
누군가가 미리 말렸으면 좋았을 것이다
비슷한 두뇌를 갖고 있지만 그들은 거짓말을
참말처럼 할 수 있는 능력을 감추고 있을 뿐
거짓말로 참말 만드는 일에 가끔 밤잠을 설치기도 하는
텁수룩한 무리는 따로 있지 않는가.

"이런 걸 써서 뭘 하나"는 서로 숨기고 있는 반성의 말
그러나 내가 진작 그녀의 시를 읽었음으로
푸시시 푸시시 불 꺼지는 소리로 말하며
불의 날에서 물의 날로 쉽게 넘어오지 않았는가
우리 집 정원을 서서 지키는 거대한 굴참나무
참회하기 쉬운 그 나무에게 부탁하지 않더라도
나무의 날은, 온 종일, 나무의 날로 순하게 길들여져서
문득, 팔짱을 끼고
오후의 시간이 자신의 긴 그림자를 거두어 터주는
저녁의 길을 바라볼 뿐이다

>

은퇴한 자의 한 주일이 처음부터
이렇게 쉽게 허물어진다는 것이 믿어지지 않으면
이틀 후 40명 안팎의 교인들이 모이는
시골 교회로 와보라
같은 목회자가 같은 목청으로 그러나
다른 성경구절을 짚고 또다른 구절로 넘어가는
설교를 마무리하고 나면
그 주일은 그냥 무사히 지나간 것이 된다
이제 남은 일은 그냥 견기기만 하면 되는
또다른 한 주일이 오고 있을 뿐이다.

한 평생이란 말

한 평생이란 말이 느낌을 주기 시작하더니
안개 속에 그 모습을 드러내는
한 그루 나무로 내 시야에 들어오더니
내 마음의 허전한 뒤뜰에 자리잡고
휘어진 가지를 슬픔쪽으로 뻗는 것이다

나는 이제 그를 내 안으로
불러들여야 하겠다
내 마음의 안방에 가장 부드러운 자리를
그에게 내어주고
그를 편안하게 하련다

그리하여 어느 날
그가 내 등을 두드릴 것이다
잘 가거라, 친구여
돌아보지도 않고 먼 길을 가야 하는
내 마음의 등이 따스함을 느낀다면
그것은 내가 한 평생이란 말을
이 땅에 남겨두고 가기 때문일 것이다.

여름날이 과수원으로 찾아오는 길

먼저 범어동으로 가는 버스를 타고 문화극장 앞에서 내려 수성촌으로 오는 버스로 갈아타십시오. 시골버스는 4, 50분 후 먼지를 풀썩 내면서 종점에 설 겁니다.

이발소 그리고 요리집 겸 잡화상을 하는 종점건물을 서쪽으로 돌아서 샛강의 강변길을 따라 북쪽으로 10분쯤 걸으면 강을 건너는 징검돌다리가 보일 겁니다. 바로 거기에 스물 셋의 내가 형이 물려준 줄무늬 셔츠를 잘 다려 입고, 바지가랑이를 걷어올리고 당신을 기다리겠습니다.

이틀 전의 비로 강물이 조금 불어서, 징검돌들이 물에 잠겼기에, 내가 당신을 업고 건넌다는 기대로 마음이 구름처럼 부풀어서 말입니다.

얼마나 많은 여름날들이 과수원에 들렀다 갔겠습니까. 그때 수성촌으로 오는 버스를 놓쳤다는 것으로 핑계를 삼지 않았으면, 이제 익어갈 준비를 마친 풋과일들의 두근거리는 가슴과 당신의 피부 밑에 엎드린 부드러운 탄력층의 감촉을 함께 기억하면서 내가 과수원에서 늙어가고 있다고 혼동하는 때도 가끔 있었을 겁니다.

시 쓰기 그리고 채소 가꾸기

한때 많은 사람들에게 영혼의 스승으로 불리웠던 틱낫한 스님의 『Anger』란 책에서 인용한 "채소를 가꾸지 않았으면 나는 시를 쓸 수가 없었을 것입니다"라는 구절 앞에 한동안 서 있어 본다.

치큰와이어로 잘 보호된 채소밭에 탑소일을 넣고 흙을 고루어주면 아내는 씨를 뿌리는 것이다 이른 봄날이 초여름으로 이어지는 동안, 나는 가끔 시를 쓰면서 거짓말로 참말 만드는 법을 연습하는 동안, 채소들은 좀 더 싱싱한 말로, 푸성귀들은 참말로 거짓말처럼 자라는 것이다. 나는 여기에다 거짓말을 좀 더 보태고 싶은 충동을 억제하지 못하고 가끔 아내 몰래 비료를 물에 타서 뿌리는 것이다

"진짜 올가닉입니다" 아내가 친지와 이웃들에게 그녀의 즐거움을 조금씩 나누어 줄 때 시를 쓰는 일에도 거짓말을 좀 더 보태어서 저런 것이 될 수 있다면, 부러워해 보는 것이다 의예과 시절, 내가 시를 쓰기 시작할 때 만났던 여학생, 지금은 우리 집 채소밭 주인, 나는 여기서 인용한 구절을 "시를 쓰지 않았으면 나는 채소를 가꿀 수 없었을 것입니다"로 바꾸어 놓고 그 앞에 한동안 서있어 본다.

달의 난간에서

오늘 밤 나는 달의 난간에서
지구별을 바라보기로 했습니다
언젠가 희귀한 광물을 캐러 갈
달의 광부들
그 중 한 젊은 광부가 되어서 말입니다
젊은 아내, 여섯 살짜리 사내 아이 그리고
세 살의 딸 아이를 두고 떠난
30대 중반의 젊은 남자가 되어
달의 호라이존에 풍선처럼 떠오르는
아름다운 푸른 별을 바라보기로 했습니다
옛집에서처럼, 우리 가족을 나란히 배경으로 하고
애견 쇄도우가 쓰윽 앞으로 나와
달을 보고 컹컹 짖어대던
저 그리운 별을 바라보기로 했습니다
또 한물간 서정시를 쓰고 있지 않느냐고
반성하라고, 그 누군가가 시비를 걸어올지 모르지만
어느 시간에나, 볼펜만 있으면
저 달처럼 부푼 생각들을 흰종이 위로
줄지어 천천히 지나가게 하고
거기 찍힌 발자국들을 다시 아쉬움으로 내려다 보는
내 등굽은 버릇을, 이 늦은 나이에
뜯어고친다는 것은 영 가망 없는 일이란 것을

그 누군가도, 또다른 나도
너무나 잘 알고 있으니까, 반성도 없이
오늘 밤 나는 달의 난간에 마음을 세워두고
달의 호라이존에 풍선처럼 떠오르는
내가 살고 갈 저 그리운 푸른 별을
한동안 정신없이 바라보기로 했습니다

꿈꾸는 자여, 잠시 발걸음을 멈추고

며칠째 바라본 듯한 산을 다시 바라본다. 내가 눈길을 돌리고 있는 동안 괸 다리를 바꾸어, 무릎을 한 번 풀고 다시 무겁게 눌러 앉았는지도 모른다.

북미주의 압도적인 겨울을 피해 남가주의 산간마을을 찾아온 후, 잠을 자면서도 나는 산의 숨소리를 듣는다. 비밀은 아니지만 그의 귀에다 대고 나지막하게 말한다. 이 자리에 앉아서도 어디든 갈 수 있는 것이 꿈이라고, 꿈을 꾸어보라고, 6억 5천만 년 전의 지층으로 내려가 공룡들의 화석을 불러일으키면 그들의 울음소리에 산울림으로 대답할 수 있을 거라고, 그런가 하면 멀리 수천만 개의 기왓장으로 번쩍이는 바다의 지붕을 밟고 나가 태연히 섬 하나로 앉아보면 바다의 깊은 속마음을 두려움 없이 들여다 볼 수 있을 거라고.

그때 산은 옆구리에서 조개껍질과 바다의 화석을 꺼내어 보여주는 것이다. 한때 나는 바다의 밑바닥이었다고, 하여 바다만이 아는 바다의, 그 슬픔의 깊이를 이미 알고 있다고, 산 높이의 서늘한 외로움보다 먼저 길들어져 있다고.

이제 산은 밤이면 산을 내려와 내 머리맡에 앉아 내 꿈머리를 지켜보기도 하는 것이다. 내 코고는 소리도 용케 참아내다가 아침노을을 먼저 받기 위해 다시 산으로 올라가고, 나는 주름진 얼굴을 씻고 양치질을 하면서 목젖 안까지 헹구어내고 산간 마을의 하루를 시작하는 것이다.

나는 산을 꿈꾸게 하고 산은 나의 꿈을 온전케 하고, 이렇게 산과 친하게 지내는 날들을 모아 달력을 만들다 보면 그걸 부욱 찢고 4월이 앞으로 쓰윽 나와 말할 것이다. 혁명으로는 아니지만 겨울공화국은 무너지고 북쪽 마을에도 봄이 찾아와 너를 기다린다고.

3부

내일은 목련이 지는 날 아닙니까

지구 표면에는 강이 흐른 적이 있다

—은하계의 한 달별에는 지능이 발달한 생물이 번성하고
대기권 밖으로 띄운 망원경으로 지구 표면에 강이 흐른
흔적을 포착하고 토의로 들어갔다.—

지구에도 지능이 발달한 생물이 살고갔을까?
살고갔을 가능성이 아주 높다.

그들도 우리들처럼 컴퓨터를 사용했을까?
사용했을 가능성이 아주 크다.

그들도 커다란 전쟁을 여러 번 치렀을까?
치렀을 것이다.

그들도 여러 종교를, 다른 종파를 만들어 우리들처럼 서로
싸우고, 피 흘리고, 죽이고 했을까?
그랬을 가능성이 아주 높다.

그들도 수사이드 밤어, 슈 밤어, 언더왜어 밤어란 용어들이 있었을까? 그런 농담은 뒤로 미루고 우주탐사선을 보낼 수 있는지 알아 봅시다.

불가능하다, 2만 2천 광년의 거리에 있으니까.

>

그날 밤 나는 아리조나 주 사막에 자리잡은 작은 도시를 지나왔다. 이곳 주민들은 별보기를 좋아해서 가로등을 켜지 않는다는 말을 들은 적이 있다. 도로 가에 차를 세웠다. 별들이 안심하고 아주 낮게 내려와 있었다. 이 시대에도 시를 쓰는 이유로, 아무짝에도, 정말 아무짝에도 쓸모가 없기 때문이라는 빌려온 말로 응답하고 혼자 아득하게 웃었다. 어떻게 웃는 것이 아득한 것인지 모르면서 그렇게 웃었다는 생각이 무슨 숨겨오던 진실처럼 소스라치게 떠올랐던 것이다.

그후로 까마득한, 정말 까마득한 시간이 흘렀을 것이다. 인류는 마침내 기억될 것인가.

내일은 목련이 지는 날 아닙니까

내가 모르고 앓고 있는 오랜 병
살이 쪼개어지는 아픔을
쪼개어지는 소리로 가득한 봄날의 하루를
나 대신 당신이 몸살을 앓아주었다
내 연한 살이 문들어져
뒤뜰에 흩어지는 그 처참한 하루도
당신이 나 대신 견디어주었다

그러면 내가 활짝 피어있는
그 사흘 동안의 온전한 봄날은
어떻게 견디려고 하는지?
성공한 시인을 흉내내어, 젊은 여인들이
속살을 드러내어 말리고 싶은 봄날로 시작하는
한물간 서정시를 쓰려다 말고
구겨서 휴지통에 던져버릴 때
내가 당신의 등을 밀어드릴까요
차라리 몇몇 이웃을 불러
조촐한 정원파티라도 준비한다면
"생일은 아니고—, 무슨 날이지요?"
"내일은 목련이 지는 날 아닙니까"
조금은 글썽이는 이런 대화라도
함께 나눌 수 있지 않을까요

우리들의 선택은 아니지만
어차피 당신은 삶의 외로움을 아는
인간으로 태어났으니까
목젖까지 올라온 이 말을 하려다가
꿀컥 삼킬 수밖에 없는 나는
당신의 허전한 마음의 뒤뜰에 심어둔
함께 늙어가는 한 그루 목련일 뿐.

우산 하나가

로스엔젤레스에서 보내온 이메일에는
비 오는 날의 풍경을 담은 사진들이
여럿 첨부되어 있었다

스스로 말라가는 세상을 접고, 우산 하나가
내 가슴 한 귀퉁이에서 오랜 세월을
혼자 비를 기다리고 있었던가
60년대, 아득한 대학의 의예과 시절
대학 건물들이 들어서기 시작한 야산 위
청순한 얼굴의 여학생과
우산을 함께 쓰고 걸었던 언덕길
왼쪽 어깨가 비에 젖었던 시원함이
느닷없이 나를 찾아온 것이다

진짜 시인들은 말한다
이런 '연애편지'같은 것이
시가 될 수 없다고
나도 그들만큼 알고 있다
그런데 그 여학생은 아직도 내가
진짜 시인이 아니고, 가끔 시 비슷한 것을 쓰면서
시인 비슷하게 살고 있는 것을
다행으로 여기고 있지 않는가!

>

이 늦은 나이에, 좀 낡은 슬픔같은
그런 이야기가 될지 모르지만
진짜 시인들이 흔히 말하는 '시와 연애하는 법'에
몰두했다고 하자
하여, 내가 그럴싸한 시 한 편을
세상에 내어놓았다고 하자
그게 느닷없이 내 왼쪽 어깨를
한 번 더 비에 젖게 해줄 것인가.

흙으로 집을 짓는 제비

따뜻한 곳에서 겨울을 함께 보내고
그들보다 먼저 북쪽 마을로 돌아와
그들의 집을 청소하고 향수까지 뿌려서
게양대 위에 높이 달아올리는 것이다
백년이 넘도록 이 대륙의 사람들은
제비집을 지어주어서, 여섯 동 더러는
열두 동짜리 럭서리 콘도를 지어주어서
흙으로 집을 짓는 기술이
그들의 유전자에서 지워지는 것
수컷들의 일부가 일부다처제를 받아들인 것은
전적으로 내 책임은 아니지만
오는 해에는 여섯 살 짜리 손자와 함께
이 일을 해야겠다고 계획해보는 것이다
그러나 손자의 손자의 손자가
이 일을 계속할 것인가 하는 생각에 미칠 때
제비의 날개짓으로 낮게 내 머리 위로
획 지나가는 한 노시인의 구절이 있다.*

"바람이 불타는 황금색 보리밭에서 쓰러진
고흐는 백년 후의 나를 몰랐었다"
"백년 후의 한 젊은 시인은
내가 모르는 나의 미래다"

>

백년 후, 그때 시라는 예술의 장르가
역사 뒤에 그 내력만 감추어둔다 하더라도
한국 어디에는, "가슴에 쌓이는 눈을 밟으며
눈 내리는 거리를 헤매고 있는"
시인들처럼 텁수룩한 젊은이들이 남아 있을 거라고
보다도, 북미대륙 어느 시골 마을에는
흙으로 집을 짓는 제비의 집단이 남아 있을 거라는 말로
모르는 미래를 위로하고 싶다

* 허만하의 시에서.

사과를 깎으며

보이지 않게, 그러나 가을이 꾸준히 일한 것은
어떤 완성일까?

자신만을 생각하다가, 자기의 식욕만을, 사랑만을, 성욕만을,
자기만을 챙기다가
골고루 익어보지도 못하고 늙어버린 나는
더구나 옹고집인 나는
포장을 풀어보아야 이 불편한 의문이 풀리는 것이다

쟁반 위에 벗겨놓은 사과의 포장지를 본다

턱을 괴고 앉아 있는 생각하는 사람이란 작품에게
손을 풀고, 생각의 고개를 들어올리고
완성품 하나를 그의 손에 쥐어준다.

서정시를 내려다보는 등굽은 저녁

호숫가 나무들 사이에 조그만 집 한 채
그 지붕에서 연기가 피어오른다
이 연기가 없다면
집과 나무들과 호수가
얼마나 적막할 것인가
이것은 진짜 시인 베르톨트 브레히트가
언어로 그려놓은 「연기」라는 그림이다
나는 등굽은 저녁이 되어
이 그림을 내려다본다
조그만 집 그 안에
따스한 공간을 만들어주고
사라지는 저 연기는 얼마나 성스러운가
여기서 그 누군가에게
말할 차례가 주어진다면
또 한물간 서정시를 쓰고 있지 않느냐고
나무랄지도 모른다
반성할 일은 즉시 하겠다
보다도, 난로 위에 놓은 두부찌개 남비
뚜껑은 날개치는 소리를 내고
파 냄새 섞인 김이 오르고 있으면 좋겠다
그리고 40대의 우리 부부가 함께
거기서 저녁 시간을 보내고 있으면

더욱 좋겠다
그 누군가를, 또 다른 나를
한 번 더 안심시키겠다
따뜻한 저녁상을 앞에 두고
낡은 슬픔을 돌아볼 자가 없지 않느냐고
진짜 서정시인보다는 평범한
속물이 되는 것이 더 즐겁지 않겠느냐고.

첫눈 내리는 날

은퇴 후 심심풀이로, 아니면
종교인들이 즐겨 말하는 성령의 인도하심으로
내가 신학 공부를 했다고 하자
하여, 젊은이들이 돌아보지도 않는
한 시골 교회의 무보수 목사가 되었다고 하자
열대여섯 명 주름살 깊은 농부와
좀 뚱뚱해진 그들의 아내들이면
교회 안의 분위기는 훈훈할 것이고
흰 페인트가 여기저기 벗겨지고
정문으로 오르는 목조 층계가 좀 삐걱거려도
좋지 않겠는가
주중에는 누런 개 한 마리만 문 앞에서
오후의 따스한 햇살을 받아 졸고 있다면
더욱 어울리지 않겠는가

오늘처럼 첫눈이 내리는 주일 아침에는
나는 밤색 양복에 빨강 넥타이를 단정하게 매고
교단에 설 것이다
온 천지를 흰눈으로 덮어
죄 없는 백지장으로 돌리는 것은
오직 하나님만이 하실 수 있는 일이 아닌가
그래, 이 세상에 용서받지 못할 일이

어디에 있겠는가로 시작하는 나의 설교에
좀 무뚝뚝하기만 하던 그들이 드디어
'아멘' '아멘'하고 소리를 질러댄다면
좀 흥분되어 뛰는 내 가슴의
고동을 느껴도 좋은 날이 아니겠는가

점심 후 나는 누렁이를 데리고
심심풀이로 토끼 사냥을 가도 좋을 것이다
주일에 목사가 사냥이라니, 눈을 크게 뜬다면
당신은 내 설교 시간에 졸았다는 게 분명해
첫눈이 우리 모두의 가슴을 덮는 날은
용서받지 못할 일이
이 세상에는 없다고 말씀하지 않았던가

봄밤에, 부엉이를 울게 하는 것은

펑! 하고 코르크 마개가 빠진 병처럼
수소이온으로 포화되어, 달은
마침내 제 무게를 지구쪽으로 던져버리고
호수 건너 편 어두운 숲 위로
풍선처럼 떠오른다
부엉이 한 마리가 울기 시작하는 것은
바로 이때다
외로움의 주파수를 일정한 간격으로
멀리 띄워 보내는 것이다
대답없는 그 울음이 내 가슴에 닿아
어둑한 그 어느 곳에 숨어 있던
나의 부엉이를 울게 하는 것은
사람이나 짐승이나 외로움의 주파수는
비슷한 영역을 차지하고 있단 말인가.

요즈음 세상에도
한물 간 서정시나 쓰고 있느냐고
"이것을 나는 은혜라고 믿고 있지만"
구제불능이라고 고개를 저을지도 모르겠지만
방향을 분간할 수 없는 곳으로
외로움의 주파수를 던지고 있었던
그 시절에 있었던 나의 방황이

어쩌다가 그대의 가슴에 닿아
부엉이를 울게 했더라면
그날 밤 우리들의 사랑은
무리를 이끌고 중천에 뜬 저 달처럼
수소이온으로 포화되어
물방울 무늬로 얼룩지고 있었을 겁니다.

그리움에도 무게가 있다

다시 이 지상에 가을이 찾아오고
능금나무 가지가
가을의 무게로 휘어져 있다

조부님이 땀 흘려 일군
탱자나무 울타리로 둘리운 과수원
어린 손자가 들고 온 물주전자에서
냉수 한 사발을 부어
푸른 하늘을 우러러 비우실 때에
가지가 휘어지도록 매달린
빨간 볼을 가진 황금색 능금알들
그 중 하나가 떨어져
머리를 때릴 것만 같았다

빈 사발을 건네주시며 머리를 쓰다듬으셨을 때
조부님은 몰랐을 것이다
내가 건네받은 것은
비워진 냉수사발이 아니라
가지가 휘어지도록 매달린 그리움
그 그리움의 무게였다는 것을

복음의 배경

홍해가 갈라지는 날 아침에도
홍해가 다시 홍해로 돌아간 오후에도
다른 이름의 사막을 지나가는
유대인들의 행렬이 보인다

나무에 못 박히는 소리가 들리는 어느 날 저녁
못 박히는 자가 사람인가 신인가 걱정하는 것
의심하여 창으로 찔러보는 것
죽은 자가 다시 살아날까 두려워하는 것
이 모든 것이 일어난 후에 내가 받은 것은
낡은 쇠가죽 표지로 단단하게 묶어진
두터운 책 한 권
책장 윗 귀퉁이에 지나간 많은 사람들의
침과 지문이 묻어 있어서
가벼운 무게를 얻은 그 책장을 넘기면

다시 사막을 지나가는 유대인들의
긴 행렬, 40년간의 지루한 행렬이 보인다.

코스모스

어머님의 검정 광목치마자락을 붙잡고
바라보던 나의 시야에서
외할머님을 태운 완행열차는 김을 내뿜으며
산모퉁이를 돌아 천천히 사라져갔다

먼 기적 소리가 두어번 울리고 난 다음의 정적을
그때 그 간이역에는 코스모스가 한창이었다

아득함을 혼자서 여기까지 흘러온 이유를
한 번 돌아본 다음
다시 꽃씨를 받아두는 것은
아직도 모국어로 서정시를 쓰는
바로 그 이유다

뉴톤의 경제학

젊었던 날 의학연구에 몰두하던 시절
한때 나는 뉴톤의 사과나무로 서있고 싶었다
그의 눈앞에서 빛나는 사과 하나를 떨어뜨리고
그때 지구도 사과쪽으로 끌리는 그 미세한 움직임을
그 진실, 아니 그 환상이
어떻게 그를 찾아왔는지 보고 싶었다

나이 들어서 알게 된 이야기지만
그가 캠브리지 총장직을 그만두고
조폐공사 사장직으로 옮겨가서
그의 지갑이 두툼해졌을 때
동남아 지역에서 진흙을 물로 씻으면
금이 나온다는 남해주식회사에
많은 재산을 투자했고
그 회사의 파산을 업고 경제버블이 터졌을 때
사과가 지상으로 떨어지면서 얻은 피멍자국을
기어이 들여다 보아야 했던 것이다

그가 나에게 보여준 또 다른 진실은
경제학이란 분야가 있기는 있지만
이 분야는 인간탐욕이라는 동물이 끌고 간다는 것
길들일 수 없는 이 짐승이

버블을 만들기 시작할 때는
버블이 결딜 수 있는 표면장력의 한계도
미리 알아두어야 한다는 것이었다.

함박눈 내리는 저녁에

40여 년을 영어권에 살면서도
당신이 가르쳐 준 언어로만
시를 쓸 수밖에 없는 내가
쑥스럽기는 커녕
오히려 자연스럽게 느껴지는 저녁입니다

내 시가 처음으로 눈을 뜬
고향의 언덕, 그 위에
당신의 언어로 내리는 눈은
함박눈이라야만 한다고
고집을 부리고 싶은 것은
거기에는 언제나 내가 당신의
착한 아들로 남아 있기 때문입니다
물어보지도 않고 떡과 보리차를
내 책상 위에 갖다 놓는 당신의 넷째 며느리
그 꽃 같던 새색시가 나이 들면서
자신도 모르게 당신을 닮아가는 것이
아주 자연스럽게 느껴지는 저녁입니다.

벤치가 감옥에서 풀려나다니

어느 도시에서나 가로수를 심고
그들이 눕히는 그늘 아래
시민들의 친절한 마음 가운데
안방처럼 편안한 자리를 내어주고
그것을 벤치라고 부르지 않는가

그런데 벤치도 감옥살이를 하는
그런 곳이 이 세상 어디에는 있다

전직 소련 육군 대위가
한 번 앉았다 간 것 뿐인데
엉덩이의 온기와 향기가 휘발하지 못하도록
플라스틱 유리로 완전히 감금된 것이다
엉덩이를 거기에 댄 자도 마찬가지
골과 내장을 비운 그의 시신은 방부제에 절여져서
유리관 안에 갇혀 있는 것이다
벤치가 감옥에서 풀려나는 날
그도 흙으로 돌아가는 자유를 얻을 것이다
그리고 세계 물질 시장에서
구리값이 한 번 떨어진다는 것은
어떤 투자가도 예상하고 있는 일이다.

발바닥만 젖은 하나님

두터운 책을 덮고
환한 아침나절을 내다봅니다
묵은 언약의 책 속에서
슬그머니 빠져나온 하나님은
뒷마당의 푸른 잔디를 맨발로 밟고 나가
호수 위를 거니는 모습이
선뜻 보이는 날입니다
"하나님을 본 자가 없나니
그 얼굴을 본 자는 정녕 죽으리라"
그때 정원의 꽃나무 사이로
춤을 추며 떠다니는 두 마리의 허밍버드가
내 눈을 돌려주었기에 망정이지
큰일날 뻔 했습니다
일진이 좋은 날입니다

저녁 시간에 다시 열어본
두터운 언약 책 속에는
책장이 몇 군데 젖어 있었습니다
발바닥만 젖은 하나님이 다시 말씀 속으로
돌아오신 것을 믿어도 좋겠습니다
하지만, 능청스럽게 수다를 떨고 있다면
이쯤에서 두터운 책을 덮고

생각의 고개를 숙여보겠습니다
한 가지 분명한 것은 오늘도
이 지상에서 내 삶을 쓰다듬고 간
일진이 좋은 날의
온전한 하루였습니다.

고백, 시를 쓸 수 없는 날들의

코끼리 떼를 줄지어 흰종이 위로 천천히 이동시키는 무리들이 있다 이런 짓으로 밤잠을 설치기도 하는 텁수룩한 사람들은 그들 스스로 시인이라 부른다 나도 재미삼아 가끔 이런 엉뚱한 짓을 흉내내면서 쉽게 늙어오지 않았던가

지난 몇 달 동안 나는 흰종이를 흰 그대로 둘 수밖에 없었다. 남아프리카 서쪽 해안에 자리잡은 사막에서, 나의 시가 한 오아시스에서 다음 오아시스로 옮겨가면서 살아가야 하는 코끼리 떼의 힘겨운 그러나 슬기로운 삶을 따라나선 것이다

나의 시는
그들의 숫자와 나이, 암컷과 수컷의 비례, 각 오아시스의 위치와 크기, 자라는 식물의 종류, 머무는 일정한 기간, 오아시스 간의 거리와 이동 시간, 밤과 낮의 기온 차이를 기록하고, 이 모든 것을 나이 많은 암컷이 기억하여 앞장서고, 어느 곳에서 누가 새끼를 배고 어디서 낳아야 어린 것을 데리고 이동할 수 있다는 것까지도 알아서 주선한다는 정보를 갖고 돌아온 것이다

나는 내 시에게
Gene과 Epigene의 상식을 주입시키고 초원이 서서히 사막으로 바뀌어 갈 때 생명의 감추어진 설계도가 어떻게 스스로의

길을 찾아, 한 가닥의 끈질긴 진실, 목숨의 길을 터주었는지, 이렇게 찾아온 지혜가 한 세대의 암컷에서 다음 세대의 암컷으로 전달되는 경로를 알아보고 오라고 했다

인간의 마을에 땅거미가 낮은 음조로 깔리는 시간, 눈을 감으면 줄지어 사막 위로 천천히 이동하는 코끼리 떼의 행렬이 보인다 그들의 긴 그림자도 스스로 무게를 얻어 힘겹게 끌려가고 있다 나는 내 시의 목이 타는 시간을 생각하고, 내 시는 책상 위에 그대로 놓인 종이의 쓸쓸한 흰색을 가끔 뒤돌아보는 것이다

여름을 다 소모해서라도, 그러나 풀벌레 소리가 우리집 정원을 가득 채우기 전에 그가 돌아오길 바라고 있다

11월에 쓰는 시

가을이 울고 간 다음
멍멍하던 귀를 잃어버리고
잠시 동안 멍청하게 남아 있는 세상
그러나 가을과 겨울 사이
이 불확실한 계절에는
때 맞추어 찬비가 자주 내린다
겨울 준비를 마친 나무들
혼자서 어깨가 시리면
여럿이 둘러서서 젖고 있다
함께 젖고 있던 내 추운 마음을 불러들이고
커텐을 닫고 책상앞에 앉아 본다

누구누구의 죄 때문이 아니라 하더라도
좀 망설이다가
첫눈이 우리 모두의 가슴을 덮을 것이다
이 세상에 용서받지 못할 일이 어디에 있겠는가
그러나 이것은 죄를 한 벌 더 껴입을 수 있는
우리 인간들의 이야기이고
아무에게도 읽히지 않는 나의 시는 내게도 없는
저 눈물겹도록 참된 영혼에 가 닿기 위하여
겨울나무가 겨울나무답기를 원할 것이다
캄캄한 밤 지칠 줄 모르는 눈바람 속에서

헐벗을 것을 얼마나 더 헐벗어야 어느 봄날
떡잎이 달고 나온 솜털이 햇빛에 눈 부실 때
어디쯤에선가 지나가는 수꿩의 첫 울음소리를 듣고
잠시동안 뛰는 내 가슴의 고동을 느낀다면
눈물겹도록 참된 영혼의 겉옷 한 벌을 얻어 입고
나의 시는 가만히 내 등뒤로 다가와
어떤 눈빛으로 내 등을 두드려 줄 것인가
이런 생각 하나만으로도
찬비가 자주 내리는 이 불편한 계절에는
읽히지 않는 시라도 한 편 써두고
첫눈이 내리기를 기다릴 일이다

4부

버들에게 물어보라

시월의 술, 시월의 시

생명이 있는 것과 없는 것을 함께 물들이는
이 지상의 계절
이 세상에 처음 온 듯한 표정을 하고
그가 다시 내게로 왔다
정원벤치의 옆자리를 내어주고
손을 내밀며 말했다
우리가 이 세상에서 칠십 번을 만났으니
웃으면 얼굴에 주름이 가득 접히고
검버섯이라도 몇 개 달고 왔으면
서로 흉금을 털어놓을 수 있지 않겠느냐고

아직도 때가 이르지 못한 인자가
케냐의 혼인잔치에서
물로 포도주를 만든 기적은
아마도 시월에 일어났을 거라고
시월의 도움이 조금은 필요했을 거라는
우리들이 나눈 그럴 듯한 생각에 힘 입어
들판에서 언덕으로, 언덕에서 들판으로
함께 어울려 다니며
야생의 마른 포도넝쿨을 찾아
까만 포도송이들을 백팩에 가득 채웠다
포도즙을 나무통에 담고 뚜껑을 봉한 후

서늘한 지하실에 저장하면서
혼인잔치의 축하객들이
신의 포도주를 취한 그 즐거움을 떠올리며
다시 만나면 함께 취해보자고 약속했다

계절이야 한 번 스치고 가는
세월의 치맛자락인 것을
잔치집 주인이 신이 만든 술에
감히 물을 타지 않았듯이
나도 시월의 술에 물을 타지 않을 거라고
그의 뒷모습을 바라보며 말했다
그는 한 번 힐끗 돌아보며
시월에 쓰는 시에도 물을 타지 말라고
빈정대는 말인지, 진실로 진실로인지
분간이 가지 않는 말을 남기고 떠났다
주름이 가득 접히는 얼굴, 그와 나는 이제
흉금을 털어놓을 수 있는, 그런 사이가 된 것이다

수박의 네 모서리를 들이받으며

오랫동안 쉽게 늙어가려면 죄의식에 사로잡힌 마음밭, 그 근처에도 가지마라고 경고한다. 그러나 사람 사는 일은 조금은 이상한 것이어서 수박을 먹다가 느닷없이, 씨 없는 수박을 먹고 있다는 죄의식에 빠지는 자도 있다는 것이다. 까만 씨가 수박의 완성도를 말해주던 시절, 씨를 혀로 밀어내어 내뱉어 본 경험을 가진 자일수록 이런 함정에 더 쉽게 빠진다는 것이다.

저 섬나라 족속들, 반성도 없이 네 모서리의 수박을 만들어 선물용으로 내어놓는 자들, 천형을 받은 사마천을 다시 조그만 상자 안에 가두어 주는 자들, 그들의 역사에는 '위안부'라는 단어가 없다고, 만들어낸 새빨간 거짓말이라고 한국 대사관 앞에서 데모를 벌이는 자들.

쉽게 죄의식에 빠지는 자들은 분노하는데도 그러하지 않는가. 이래서는 안 되는데, 안 되는데 하면서도 그런다.

잠시, 세월의 발목을 붙들어두고

오억 광년의 우주를 가로질러온 별빛도
그 발목이 물에 잠기면
국수가락처럼 허늘 허늘해지는 곳
목마름으로 달려온 별빛의 직선이
한 모금의 갈증을 달래고 허물어지는 그 순간이
선뜻 보이는 바로 거기
내가 이렇게 과장된 문장으로 시작하는 것은
젊었던 날, 시를 쓰던 버릇이 아직도 얼마쯤
남아 있기 때문입니다.
실은 고여서 흘러가지 못하는 물
봄 여름 가을 겨울 그리고 다시 봄
세월의 발목을 잠시 붙들어두고
몇 송이 연꽃을 피우는 것이 고작인
우리 집 뒷마당의 연못가에 벤치 하나를 내어놓고 앉아 있습니다

젊었던 날, 봄나들이에서 돌아오던 시골버스 뒷좌석
기울어져 오는 당신의 고개를 내 어깨가
기꺼이 받아주던 일
허물어지기 쉬운 내가 누구를 받드는 기둥이 된다는
그 생각 하나만으로도 한 세상을
버티고 살아갈 수 있을 것 같았습니다
당신도 이제 많이 늙었으리라 짐작이 갑니다만.

잡초에게 물어보라

잡초의 정의를
잡초처럼 잘 번식하는 것
잡초처럼 잘 자라는 것이라고 하면
나처럼 정원을 가꾸는 사람들은
수긍의 고개를 끄덕일 것이다
그러나 나는 오늘 잡초에게
감사함을 표시할려고 한다
내가 신처럼 섬기던 의학에서
은퇴하고 난 다음
일자리를 마련해 준 것이 누군데
시간당 미니멈 웨이지는 주지 않지만
세월을 잊어버리게 하고
흘러가는 그 강 기슭에서
한 동안 나를 잃어버리게 해주지 않는가
가끔 시를 쓰는 일도 그러하고
한 사람을 사랑하는 일도
여기에 속하지 않았던가 싶다
보다도 나는 잡초에게
더 큰 감사의 절을 올릴려고 한다
수억 만년 동안 지구 표면을 덮고
뿌리로 흙을 꽉 잡아 준 것이 누군데?

>

어느 날 그는 내 등을 두드릴 것이다
잘 가거라 친구여! 그 동안 수고가 많았어
그러면 이곳은 폐허가 될 것인가? 폐허라니!
나 대신 잡초가 일자리를 얻어 열심히
하늘의 정원을 가꾸고 있지 않겠는가

버들에게 물어보라

Willow tree 라고만 알고 있는 이웃과
능수라고 하다가도 수양이라고 고쳐부르는
나와 내 이웃 사이에
흘러내리는 그녀의 머리자락을
세월이 빗질하는 한 그루 버들이 서있다.

여러 해 전 여름, 호수 쪽으로 뻗은 가지들
그 대부분이 폭풍으로 무너졌을 때
죽은 가지들을 지저분하게 떨어뜨리는 Dirty tree
이 기회에 깨끗이 베어버리라는
이웃의 권고를 친절하게 거절하기 위해
내 고향에서는 성스러운 나무로 대접받았다는
나의 변명에
의사 치고는 아주 미신적이라고 피식 웃었지만
나무 자르는 회사의 일꾼들을 격려하여
다시 균형을 잡을 수 있도록 잘라주었던 것이다.

아침상을 앞에 두고 바라보면
흰 두루미 한 마리가 그 아래 그림처럼 서있는 것이다.
내가 식사를 끝내고 다시 커피잔을 들 때쯤이면
그도 송사리로 아침을 때우고
호수 건너편으로 날아간다

나는 여기서 버들 아래 흰말이 서있는
윤두서의 동양화를 떠올리고
히잉, 하는 말울음 소리가 들린다면
환청이라는 진단이 붙어도 싫지 않은 것은
어느 날 나를 찾아오는 발굽소리도 들리지 않겠는가

내친김에, 나도 누군가처럼
내 시의 독자를 고르는 사치가 주어진다면
웃으면 눈꼬리에 잔주름이 가득 접히는
그런 나이에 들어서야 내 시를 읽겠지만 머리자락은
아직도 어깨 위로 늘어뜨린 그런 여자일 것이다
내가 저 능수 아니면 수양에 이는 바람
그 바람의 마음으로 쓸어내렸다 올렸다
그녀의 젖은 머리를 말려준다면
이 행위는 범죄에 속할지 모르지만
저 버들의 바람같은 마음을 가두어 둘 감옥은
이 세상에는 지어지지 않았으니까
속죄의 기회는 주어지지 않을 것이다

화려한 옷을 입은 물총새 한 마리가 날아와
첨벙하고 호수물 속으로 내려꽂힐 때까지
환한 아침나절과 내 환상의 경계를

잠시 동안 넘나들게 해준 버들
안심하고 인생을 고르 듯, 나도 모르는 사이에
미신적으로 늙어가는 또 다른 나를 받아들이는 일이
일진이 좋은 날, 그 하루의 시작이 되는 것이다.

작은 사랑 노래

이 세상에 살고 싶어서
나는 늙어 가는 것이다
햇살이
몸을 풀어놓고 정신없이 앉아있는
오후의 시간은 제 갈 길로 가게 하고
낮잠에서 깨어난 두 살 반짜리
손자 녀석의 손을 잡고
가로수가 그늘을 눕혀주는 공원길을 따라
걸어가는 그림을
한 걸음 물러서서 내가 바라보면
아아, 이 세상 같구나
숨겨둔 죄는 그대로 숨겨두고도
착한 말만 골라서 하는 할아버지와
죄가 무엇인지 모르면서 제 말로만 조잘대는
손자가, 한 동안
오후의 시간 밖으로 빠져나갔다가
돌아오는 길목
귀가 솔깃해지는 거짓말 같은
이 세상을 살고 싶어서
나는 늙어가고 있는 것이다.

야생마 보러가기

하나님도 몸이 찌부등할 때가 있을까요
어찌 기지개를 켜며 하품을 하겠어요, 거룩하신 분이
하나님도 심심할 때가 있겠지요
그런 때는 한 마리 야생마 엉덩이를 발로 걷어차면 될 겁니다
자욱하게 일어나는 먼지구름을 이끌고
질주하는 야생마들

소와로 선인장이 여기 저기 파수군처럼 서있는 소노란 사막
여기서부터 God's country라고 쓰인 표시판을 지나서
먼지 나는 사막길을 픽업트럭으로 한 시간 반 달리고 난 다음
우리들이 나누었을 듯한 이야기
그때 물론 당신은 젊어 있었고
물방울무니의 원피스를 입고 있어도 좋겠지
그날 밤 사막 위로 소나기가 한 차례 지나갔으니까

베개와 나눈 이야기 1
— 겨울 목련나무

목련나무가 눈꽃을 덮어쓰고
겨울을 피해 따뜻한 곳으로 와 있는
내 꿈 속으로 걸어 들어왔다
나는 반갑다고 손을 내밀며
이른 봄에는 다시 북쪽 마을로 돌아갈 거라고
미안한 어조로 그를 맞았다

내가 활짝 피어있던 며칠 동안
꽃그늘 아래 모이든
그 조촐한 정원 파티는
어떻게 하려고 하는지 물어왔다
"내일은 목련이 지는 날 아닙니까?"로
초청장을 보내었던 사람들은
은퇴 후 캘리포니아로, 플로리다로
흩어져 떠나버리지 않았는가

나는 얼른 대답을 찾지 못하고
머뭇거리다가, 대신
꽃그늘에 자리를 깔고 나 혼자
낮잠을 청해보겠다고 했다
쌀쌀한 봄날씨에 그러다가
감기라도 들면 어떡하지

진정 걱정을 하는지 빈정대는지
분간이 가지 않고 있을 때
잠이 들면 담요 몇 장을 더 덮어 줄 여인이
아직도 그와 함께 있지 않느냐고
베개가 말을 거들어 주었다.

베개와 나눈 이야기 2
— 닥터 지바고

아침에 일어나면 커피를 마시고 싶다는
생각 하나로 잠이 드는
늙어가면서 더욱 단순해지는 남자
삶의 구비마다 여호와께서 따라다니시며
축복하는 야곱의 꿈은 꿀 수 없다하더라도
나의 꿈머리는 왜 이리 어지럽고
해괴망측한 것들이 자주 찾아오는지

"그게 어디 내 탓인가, 그러나 오늘 새벽 꿈은
나무랄 데가 없던데"

우리들은 러시아 혁명의 소용돌이 속을 가고 있었다
그런데 우리들이 걷는 길 위에는
함박눈이 내리고 있었다

"시베리아 벌판에서 함박눈이라니!
이건 아주 고급 눈입니다"

"한국 시인의 시에는 회색 눈이 고급 눈이라는
구절이 있습니다 "

"네온사인의 불빛이 어지러운 서울의 밤에는

무지개색 눈도 내릴 겁니다"

우리들은 이미 오랫동안 아는 사이였다
눈 속에 고립된 마을이 시야에 들어왔을 때
그의 얼굴이 환하게 밝아지는 것으로 봐서
라라의 집이 거기 있다는 것을 알 수 있었다
문간에서 느슨한 벽돌 한 장을 빼니
거기에는 언젠가 그가 찾아올 것을 알고 있기에
로 시작하는 쪽지와 열쇠가 있었다
난로 위의 냄비를 열고 김이 오르는
삶은 감자를 식탁에 놓고 마주 앉았을 때
잠을 깼던 것이다

"부럽지?"

"모든 것을 잃고도 사랑 하나가 남아 있어서
시베리아의 혹독한 겨울도 견딜 수 있었겠지"

"오늘 아침 삶은 감자를 먹고 싶으면
꿈 이야기를 털어놓아야 할 걸"
"나는 아내가 어떤 얼굴로 나를 쳐다볼지
그게 더 궁금하거든."

별똥별 줍기

어린 날, 부산 피난 시절
춥고 배 고프던 밤에는 바다 위로 떨어지는
별똥별을 주워 먹는 꿈을 꾸었다고 했다
오랜 세월이 흐른 후의 일이지만
일본의 스노우 멍키에게 고구마를 던져주면
바다 물에 씻어서 먹는 프로그램을 보고는
그때 주워먹은 별똥별에서는 틀림없이
짭짤한 맛이 났었을 거라고
어느 날 저녁 그가 전화를 해온 적도 있었다
암치료 전문의가 된 후에도 휴가를 얻어
별똥별을 주워 생활하는 사람들과 함께
아리조나와 네바다의 소노란 사막을
찾아 해맨 적도 있었다

그러든 그가 직장암으로 수술을 받고
항암 치료를 받고 있는 것이다
우리들은 환자의 입장에서
위로하고 격려하는 말을 나누었다
유럽의 한 농부가 83세에 별똥별에 맞아
이 세상을 떠난 이야기를 나누면서
시골 목사가 그의 장례식에서 했을
설교를 추측하는 과정에서

함께 한바탕 웃었다
전화를 끊고 그 앞에 한동안 서서
참 쓸쓸하게 웃을 수도 있구나
하는 섬뜩한 생각에 잠겨 있었다
우리들은 어느덧 산 자가 죽은 자를
부러워하는 그런 나이가 된 것이다

가을과 나눈 이야기

가을을 시로 쓰는 일이
산을 옮기는 일 만큼 힘이 든다고 했다*
산을 옮길 만큼 믿음이 자라기를 바라며
고난의 발자취를 따랐던 사도들처럼
그러나 나는 늘 시 비슷한 것을 쓰면서
시인 비슷하게 산다고 했으니까,
"당신과 나 사이에 다시 가을이 왔습니다
소백산맥을 떠난 가을 소식이
닷새만에 북미주에 도착하여
더욱 깊어져 있습니다"
이렇게 쉽게 시작하면 될 것 아닌가

착각하지 말라고
가을이 도토리 하나로 내 머리를 때린다
젊은 시절에는 사람들의 숨겨진 병을 찾아내어
치료하는 일을 했으니까
언덕에서 들판으로, 들판에서 언덕으로
몇 번 해매어 보면
가을이 모르고 앓고 있는 가을의 오랜 병도
찾아낼 수 있지 않겠는가
허튼 소리 말라고
이번에는 도토리 두 개로 머리를 때린다.
그러나 내 착각과 허튼소리가 재미 있었는지

가을은 한 그루 사과나무를 만나게 해준다
노루나 파섬같은 짐승이 사과를 따먹고
여기에 옮겨 주었으리라
달콤하고 새콤한 야생의 맛과 향기
벌레들이 못다 건드린 두 개를 골라서
윈부래이커 포켓에 감춘다

벌레들이 다투어 울어서
들판이 서둘러 어두워지기 전에
가을이 감추고 있는 오랜 병이 어둠을 타고
내게로 옮겨오기 전에 집으로 돌아가야 한다
지금쯤 끓는 두부찌개 냄비에서
파 냄새 섞인 김이 오르고 있을 것이다
이번엔 가을이 내 어깨를 툭 친다
가을을 쓰는 일은
저 많은 진짜 시인들이 다 해놓았으니까
걱정 말고, 포켓에 손을 넣어보라고
저절로 익은 가을을 나누어 먹을 사람이
기다리고 있지 않는가
어느덧 가을과 내가 서로 위로하는
그런 나이가 된 것이다.

* 문정희의 시「사람의 가을」에서.

외면

하나님도 몸이 찌부둥하면 먼 지평으로부터 천둥과 번개 섞인 소나기를 굴리어 겁 많은 들소 떼들을, 한 방향으로, 대초원을 가로질러 질주하게 했을 것이다. 대지를 울리던 그들의 발굽소리가 아직도 한 순간의 환청으로 남아있는 그곳에 서서 바라보면 한 번도 기록된 적이 없는 선민족의 출아시아기가 사막의 신기루처럼 떠있는 것이다.

몽고 고원의 유목민족 중 한 부족을 택하여, 하나님은 불과 구름기둥으로 그들을 동북쪽으로 인도하셨을 것이다. 홍해를 가른 그 권능으로 아시아와 미지의 대륙을 갈라놓은 북해를 얼음으로 덮으시고, 그가 지으신 자연과 더불어 살 줄 아는 이 지혜로운 백성들을 때 묻지 않은 이 대륙에 안주시켰을 것이다.

오늘은 콜롬버스 데이, 네 명의 원주민들이 삼거리 가에 자리를 잡고 조촐한 시위를 벌이고 있다. 한 늙은이는 추장의 정장을 하고 의자에 앉아있고, 한 젊은이는 원주민 고유의 노래로 춤을 추기도 하는 것이다. "우리가 수천 년 동안 여기에 자리잡고 살고 있었는데 어찌하여 콜럼버스가 새 대륙을 발견했다고 하는가"라고 쓴 플래카드를 들고 젊은 두 여인은 그 앞을 왔다 갔다 하고 있다. 인도대륙이 아닌 줄 번연히 알면서도 그들을 인디안이라고 부르던 고집스런 자들의 후손들은 관심이 없는 척 고개를 돌리지 않고 지나가고 있다. 늦게사 태평양을 건너온 내가 염치도 없이, 그들을 바로 쳐다보고 지당한 말씀하고 맞장구를 칠 용기도 없고 고개를 돌리고 피해가기는 더욱 거북해서 발걸음을 돌려 걸으며 요즈음 세상에는 하나님도 몸이 찌부등하면 헬스클럽에 다녀오실 거라는 엉뚱한 생각을 해보는 것이다.

세 번째의 봄

은퇴한 친구들 몇 명은
'센디아고'와 '로스앤젤스' 사이에 자리를 잡고
계절의 바갈 세상을 살고 있다
계절의 바깥으로 완전히 밀려나기 싫은 사람들은
북아메리카의 황량한 겨울을 피해
'플로리다'로 내려갔다가
철새들과 함께 돌아온다

'플로리다' 중부의 봄은
오랜지꽃 향기로 잠이 들고
잠을 깨게 해주었다
북쪽 마을로 돌아오는 길
'조지아', '태내시', 그리고 '캔터키'의 봄은
75번 하이웨이 가에 빨강과 분홍의 래드번
흰색과 분홍의 독우드, 보라색의 등꽃을 피워놓고
만리 길 낙원을 지나가는 생각의 고개를
자주 운전대로 돌려야만 했었다

응달에는 아직도 겨울이 버리고 간 잔기침 같은
희끗희끗 잔설이 남아있는 북미주에 돌아오면
나는 봄맞이 준비로 바빠진다
겨울 바람이 떨어뜨려 준

죽은 나뭇가지들을 모아 불태우고
지난 가을 못다 치운 낙엽들을 끌어내고
정원길을 끼고도는 돌담도
가지런히 손질을 해야 한다
그리하여 아직도 차거운 봄바람을 노랗게 물들이는
수천 송이의 수선화와 크로쿠스
바라보는 내 눈에 눈물이 피잉 돌 때
봄은 언제나 어떤 기쁨에도 떠도는
한 잔의 슬픔 같은 것

크랩애플과 벚꽃이 호반을 덮었다가 지면
노란 새끼들을 한 줄로 새우고 어미 아비 거위가 앞뒤를 호위하며
호수를 헤엄치며 다닐 것이고
어린 것들이 내 팔다리에 매달리던
그 시절이 한 번 더 그리워질 것이다

기적

그때 우리들은 소아시아 여행에서
카파도키아의 동굴교회를 둘러보고 있었다
서툰 솜씨로 그려진 벽화 중에서
유독 나의 눈길을 끈 것은
한 여자 수도승이 너무나 아름다워서
남자 수도승들의 마음에 욕정이 이는 것을 보시고
머리가 벗겨지고 털투성이의 추한 남자로 변모시키는
하나님이 하신 기적을 묘사한 그림이었다
안내를 맡은 김 선교사와 함께 앉았을 때
여성 홀몬을 분비하는 난소에
남성 홀몬을 분비하는 세포들의 섬이 있는데
여기에 종양이 생기면 이런 현상이 일어난다고
의학적인 설명을 늘어놓았다
"이 선생은 기적이 없다고 봅니까?"
"저는 나타나는 현상만 말씀드렸을 뿐
거기에 종양을 생기게 하는 것은
오직 하나님만이 하실 수 있지 않습니까"
실없이 허튼소리로 실수를 했다고 아차 하는 순간
모범답안을 작성하여, 기적적으로
위기를 면했다고 생각하고 있었다

김 선교사가 의학적인 현상을 첨가하여

그 벽화의 기적을 설명하더라는 이야기를
한 관광객으로부터 전해들은 것은
여러 해가 지난 후의 일이었다
우리가 그쪽으로 눈을 돌리지 않고 있을 뿐
기적은 이처럼 계속 일어나고 있는 것이다.

세 토막의 이야기를 함께 묶어서

한국 사람이면 다 알만한
시인과 부호가 노년에 만나
참으로 인간적인 대화를 나누었다고 한다.
시인은 한 평생 시를 모으는 재미로
부호는 돈을 모으는 재미로 산다고 했다
시인은 돈이 안 되는 일을 하다가
부호는 돈 모으는 재미 때문에
소박한 삶을 살 수 있었다고 한다
소박한 슬픔 하나로 한 생애를 챙겨두고
이 세상을 떠날 수 있었을 것이다

CNN 뉴스를 보다가 그의 이름 앞에
위대한 장군 위대한 령도자라는 호칭이 빠지면
어떤 벌이 내릴지 모르는 불가사의한 나라
김정일은 지금 무슨 재미로 살고 있는지
궁금한 생각이 드는 것이다
기쁨조야 항시 재편성되고 있겠지만
국제사회의 조치 때문에
프랜치 꼬냑의 수입이 어려워졌다고 한다
원자탄을 안고 있어야 공갈을 칠 수 있는
막판같은 불안한 삶이
꼬냑 없이 어떻게 잠들 수 있을까

측은한 생각도 드는 것이다

새벽 세시에 전화벨이 울렸다
"너 일어났어?" 주정뱅이가
혀 꼬부라진 소리로 외쳤다
"No problem, 나는 쉽게 잠들 수 있으니까"
로 대답하고 전화를 끊었다
전화벨이 한 번 더 울렸지만 내버려 두었다
프랜치 꼬냑이 아닌 값싼 술로 취하면
잠들기가 영 어려운 모양이다
위조지폐로 밀수입한 프랜치 꼬냑은
위조품일 가능성이 많을 거라고
위조지폐 같은 삶으로 한 생애를 챙겨본다는 것은
그리 쉬운 일이 아닐 것이라고
이런 엉뚱한 생각을 하다가
곤한 새벽잠으로 빠져들었다.

가을에 와서야 보이는 중력

그의 의식에서 중력을 지우고 난 다음
사과나무를 쳐다보았을 때
빨간 볼을 가진 황금색 능금알들이
하늘 깊숙이 떨어져가는 것이 보였을 것이다
그 중 중력을 알고 있는 하나가 뒤돌아와
그의 머리를 때렸을 때
마침내 그는 중력을 눈으로 볼 수 있었을 것이다
가을이였다

내 이름을 부르는 어머님의 젊은 음성을 듣고
대답하는 나의 어린 목소리가
과수원 위의 하늘 속으로 한없이 멀어져 가는 것이
보이는 것이다
세월은 가버리는 것이지만 계절은 언제나 다시 돌아와
흰 머리가 된 그 아이의 손에는
사과 하나가 쥐어져 있었다. 가을이였다

어린 목소리가 변성기를 지나
여자를 사랑할 수 있는 나이가 되었을 때
청순한 얼굴의 여학생과 함께
대학가를 걸어가는 모습이 선뜻 보이는 것이다.
은행잎들이 떨어져 노랗게 깔린 대학가를

가을이였다

이처럼 가을에 와서야 보이는 중력은
따로 있는 것이다.

갈매기에게 보답하기

몸서리칠 일이지만, 세월에 맡겨진 나의 두뇌가
시나일디맨치아 초기로 들어섰다고 하자
판단력에 성에가 끼고, 부끄럼에도 둔해져서
엉뚱한 생각이 틈을 비집고 들어서기가 쉬울 것이다
영 미치진 않았으니까, 시집 몇 권으로
문학관을 차린다는 것은 엄두도 못내겠지만
시비 하나 세워보자는 생각, 모국어로 쓰니까
장소는 한국의 작은 섬이면 되겠고
그 중에서도 무인도가 안전할 것이다
"이런 걸 시라고 써서"
사람들의 웃음거리는 피할 수 있을 테니까

갈매기가 변비를 앓게 되면
바닷물을 한 입 물고 몸을 구부려
항문에 부리를 박고 뿜어올리는 것이다
하여, 소금물관장은 심한 변비를 앓는 사람들에게도
자주 처방되었었다

"누가 이런 편한 장소를 만들어 주었는지"
갈매기들은 시비 위에 앉아 뒤보는 일을
시원하게 마치고 몸이 가벼워져서
하늘 높이, 섬 위를 떠돌 것이다

소금물관장으로 고생 끝에 다 쏟아버리고
위 아래가 확 트인 사람들로부터
"하늘을 나는 기분" 이란 말을 몇 번이나
들은 적이 있다

다시 시비 세우는 엉뚱한 생각으로 돌아가면
구실은?, 갈매기들에게 시원한 장소를 제공하는 것이라고
이 불편한 질문에 미리 응답을 준비해둘 것이다
변비로 고생해 본 사람들이 모여서
시비건립 기금을 마련해 줄지도 모르니까.

시인의 말

시를 읽어야 할 이유를 찾아보기가 점점 더 힘 드는 시대에 시집을 묶어야 할 구실을 찾아내는 데도 '한참'이라는 시간이 걸렸다. 구실은 내가 내 시의 가장 인내심 있는 독자라는 것이였다. 흑백 사진첩을 다시 펼쳐놓고 감회에 젖어 들여다 보듯 나는 가끔 묵은 시집을 펼쳐놓고 다시 읽어보지 않는가.

여기에 그 일부 구절을 옮겨놓는 「내 몸을 먼 해안에 둘 때」는 60년대 전반 나의 의과대학 시절, 그 열정의 젊은 날에 쓴 것으로 김춘수 시인이 박목월 시인에게 보내어 나의 『현대문학』 두 번째의 추천작이 된 것이다.

정치적 불안정과 경제도 넉넉하지 못했던, 그리고 의학에도 뒤처져 있었던 시대에 한 젊은이의 우수와 꿈과 희망, 그리고 미지의 세계에 대한 동경이—"행방을 던지면서 출발하던 물새들의/ 그 눈 먼 의지가/ 아득히/ 바다 저편에 떠돌던"으로 마무리되어 있음을 다시 읽어보며 회상에 잠겨보는 것이다.

태평양을 건너오기 전, 그 동안 쓴 시들이 흩어져 없어질 것이 아까워서 『잎새들의 해안』이라는 작은 시집을 묶어두고 왔다. 그러나 의학수련, 그 다음에는 의학연구와 환자치료에 열중하던 거의 30년간은 시를 쓰지 못했다. (않았다는 말이 더 적절할지도 모르겠다.) 그러나 시를 쓰던 버릇이, 시적 상상력이 의학연구에도 도움이 되었다는 말을 여기에 적어두고 싶다. 1975년 이후, 지금도 세계에서 가장 널리 사용되고 있는 태아 건강진단법(Fetal activity Test(Nonstress Test)의 바탕이 되는

논문을 쓸 때, 동물실험이 되어 있지 않아서, 특히 그러했다.

많은 훌륭한 시인들이 그러하듯, 시와 얼굴을 맞대고 보며 시와 씨름하는 일을 나는 피해왔다 하여, 시인 비슷하게 산다는 말을 자주 했었다. 안개가 걷히면서 서서히 그 모습을 드러내는 한 그루 거대한 수목을 먼 발치에서 바라보듯, 그렇게 시를 바라보면서 편안하게 쓰고 있다. 나는 이제 먼 해안, 기후가 온화한 샌디아고에 자리잡고 쉽게 늙어 가고 있다. 가끔 시를 쓰는 일은 내 사색의 두뇌가 가슴과 연결되어 있는지를 확인해 보는 시간이 되고 있다. 영어권에 오래 살면서도 모국어(Mother tongue)로 쓰고 있다. 이 현상은 아주 자연스러운 것이다. 강물은 멀리서 흘러도 내 가슴의 들판, 그 한 자락을 늘 적시면서 흐르고 있는 것이다.

이창윤

이창윤 시인은 1940년 대구에서 태어났고, 1964년 경북대학교 의과대학을 졸업했으며, 1966년『현대문학』시부문 추천 완료로 등단했다. 첫 시집『잎새들의 해안』을 출간하고 1967년 미국으로 건너왔으며, 산부인과 전문의, Maternal Fetal Medicine 특수 전문의 의학 수련, 그후 의학 연구와 환자 치료에 열중하든 30년 동안은 거의 시를 쓰지 못했다. 핸리포드 병원 산과와 Head of Maternal Fetal Medicine, 헐리 매디갈 샌터의 Director, Maternal Fetal medicine의 임무를 완수하고 2000년 말 임상 일선에서 물러났으며, 미시간 주립대학 의과대학 교수를 역임한 바가 있다. 시집으로는『잎새들의 해안』,『강물은 멀리서 흘러도』,『다시 쓰는 봄편지』가 있고, 가산문학상, 해외문학상, 미주시인상, 재미시인협회상을 수상했다.『내일은 목련이 지는 날이 아닙니까』는 이창윤 시인의 네 번째 시집이며, 그의 삶의 철학이 '슬픔의 미학'으로 승화된 시집이라고 하지 않을 수가 없다.

이메일주소 : changylee@gmail.com

이창윤 시집
내일은 목련이 지는 날 아닙니까

발　행 2014년 8월 30일

지은이 이창윤
펴낸이 반송림
편집디자인 김지호
펴낸곳 도서출판 지혜
계간 시전문지 애지
기획위원 반경환 이형권 황정산
주　소 300-812 대전광역시 동구 선화로 203-1 2층 도서출판 지혜 (삼성동)
전　화 042-625-1140
팩　스 042-627-1140

전자우편 ejisarang@hanmail.net
애지카페 cafe.daum.net/ejiliterature

ISBN : 979-11-5728-006-3 03810
값 10,000원